2018人의 글, 어록, 강연, 토크集

분야별로 글, 어록, 강연, 토크

1. 강연 : 강연 100도씨(KBS1 TV 외)
2. 강의 : • 황금강의(경제세미나 외 – KBS R)
   - 오늘 만나다 미래를(명견만리 외 – KBS1 TV 외)
3. 토크 : • 낭만논객(TV 조선) • 예술을 만나다(SBS TV)
   - OH MY GOD(TVN) • 한국 한국인(KBS1 TV)
   - 힘(SBS TV) • 시사(방송)/Jtbc, TV조선, KBS TV 등등
4. 역사저널 : 그날(KBS1 TV, 정도전어록 등등…)
5. 국내외 명언, 좋은 글
6. 교수, 정치인, 법조인
7. 전문가 어록 : 역대 대통령, 경영인, 의사, 심리
8. 문예 : 문학, 인문학, ME & ETC(세월호 추모시 외)
9. 종교 : 기독교, 불교, 카톨릭 외, OH MY GOD 등등
10. 교양 : SPORTS, 여행, 연예, 유머 등등

※ 해외명언은 해외 유명인(철학, 문학, 예술 등등)
   본문의 듣고 보고 모은 글은 90% 정도가 현재 활동하면서 강의, 기고, 대담, 강연,
   신문(잡지), 전문지 등에서 모은 이야기. 단, 해외명언은 세상을 뜬 분이 많다.
   본문 중에 분야별로 겹치는 인명도 일부 있다.(5% 내외)
   해외명언에서 짧은 명언은 기록하고 인물에선 제외했다.

글, 어록, 강연, 토크는…
- 글 : 어떤 일이나 생각을 문자로 나타낸 기록
- 어록 : 위인이나 유명한 사람의 말을 간추려 모은 기록
- 강연 : 특별한 주제를 가지고 많은 사람을 대상으로 하는 강의
- 토크(TALK) : 말하다, 대화하다, 회담, 의견듣다

2018인, 人, 仁, 忍

글 어록 강연토크 集

Collector. **Pyeong Chang**. Park

대양미디어

2018人 글, 어록, 강연, 토크集 내면서!

수년 전, 영국의 한 시인 이야기를 보고 유명 시 100선하여 시중에 선보이니 큰 반응 일으킨 기사!

그래서 글, 어록, 강연, 토크를 모아보자 마음먹고, 라디오, TV, 신문 등 듣고, 보고, 읽은 글 모으기 시작했습니다.

2년여 동안 1,000여명의 글, 어록, 강연, 토크를 분야별로, 직업군으로, 장르별로 나누고 분류하다가 2018년 평창올림픽과 연관시켜 보고픈 마음이 생겼습니다. 평창은 내 이름 영문표기 'PYEONG CHANG'과 같고, 나의 블로그 NICKNAME은 '아리랑과 함께' 이다.

이래저래 나와 평창 동계올림픽과는 인연이 많아져 화젯거리로 삼았습니다.

내가 블로그 개설한지 10여년에 다녀간 블로거만도 68,700여명 넘었습니다.

2013년 5월부터 글, 이야기 모으기 시작한지 4년여 2017년 11월 1일 마감한 2018명의 글, 어록, 강연 주인공은 쓰고, 이야기 하고, 강연한 2018인이십니다.

항상 주위 챙기며 꿈과 희망을 주는 강호연 지현경 고문님, 추천해 주시고 힘과 용기를 주신 명진 스님, 박영선 의원님, 김정록 회장님께 감사드립니다.

출판을 도와주신 대양 미디어 서영애 대표님, 고마움 잊지 않겠습니다.

격려해 주시고 언제나 마음 함께 해주시는 나경렬 회장님, 조명인 작가님, 강상수 仁兄, 힘을 주신 주위 분들, 지인들에게 고마움 드리고 그 은혜 잊지 않겠습니다.

나로 인해 생활하며 상처 입은 분에게도 정중히 용서 구합니다.

나를 지켜주고 성원해준 아내 이오순 님, 우리 가족에게 사랑하고, 미안하고, 존경하고, 감사함을 마음 깊이 새기며!

마음에 와 닿는 글 마음에 담아두면 저는 만족하렵니다.

2018년 4월에
COLLECTOR : Pyeong Chang, Park.

"고통에 함께함이 종교다"

2013년부터 5년여를 모은 忍山 선생님
『2018인의 글, 어록, 강연, 토크集』은 발상 자체가 흥미롭다.
정치와 경제, 문학과 예술, 방송과 스포츠 등 다룬 분야도 다채롭다.
종교에 대한 이야기도 담겨 있다.

忍山 선생은 단지불회 법회에서 몇 차례 뵌 적이 있다. 그런데 수많
은 글을 읽고 좋은 이야기가 있는 곳이면 인연 닿는 대로 발걸음을 옮
기는데 주저함 없는 모습 보니 지나친 기우는 필요 없을 듯하다.

이 모음집에서는 종교에 대해 다루면서 단지불회 법회에서 이야기
된 내용들도 담겨있다.
정혜신 박사와 이명수 부부가 주도해서 만든 세월호 다큐 '친구들'
을 본 뒤 우리시대의 고통에 대해 좌담한 내용이 그것이다. 그날 법문
에서 "고통에 함께 함이 종교다" 라고 얘기했다.

세월호 사건이 일어난 직후 한국을 방문하신 프란치스코 교황님도 "고통 앞에 중립은 없다"고 말씀하셨다.

종교란 것이 별것 아니다. 바로 우리 곁의 이웃에 대해 연민하고 같이 아파하면서 함께 할 수 있는 것을 함께 해나가는 것이 종교다.

이명박 정부시절 용산 참사가 났을 때 몇 차례 현장을 방문한 적이 있다. 그때마다 문정현 신부님께서는 늘 거기 계셨다.

신부님은 "나야 뭐 하는 게 있소, 이 사람들이 있어 달라면 함께 있어주는 거지" 그 말씀을 듣고 등골이 서늘하게 부끄러웠다.

"고통에 함께 함이 종교다"

우리시대를 어떤 이는 '피로사회'라 하고 또 어떤 이는 '분노사회'라 하고 해외의 아는 석학은 '위험사회'라고 한다.

모두가 우리 인간이 놓여있는 처지가 딱하다는 의미일 것이다.

삶이 왜 이렇게 위태롭고 고통으로 가득할까? 종교는 이것을 물으면서 함께 고민하는 것이다. 머리로서가 아니라 가슴으로 말이다.

동물들도 이미 아는지 남극의 펭귄들은 영하 수십 도의 맨찬바람이 불어오면 함께 모여 '허틀링'을 한다.

앞에선 펭귄들이 바람을 막아주면 뒤에 선 펭귄들이 그 사이에 좀 몸을 데우는 것이다. 그러고 나면 바람을 맞던 앞자리의 펭귄은 뒤로 가고 몸을 좀 녹인 펭귄은 앞으로 나와 먼저 고생한 펭귄들을 뒤에 세워 쉬게 해주는 것이다. 이렇게 하기 때문에 남극의 그 엄청난 추위도 견딜 수 있다는 이야기다.

펭귄의 이야기처럼 사는 게 힘들고 어려울 때일수록 함께 함이 중요하다.

춥고 힘들 때 혼자 떨어져 있는 것보다 모여 있어야 덜 춥다. 육체적으로 그러하겠지만 같이 있으면 마음이 덜 춥기 때문에 더욱 그럴 것이다. 삶은 날씨처럼 좋을 때도 있고 나쁠 때도 있다.

날이 좋건 나쁘건 함께 하는 이들이 있다면 좀 견디기 수월하지 않겠는가. 이 모음집을 읽는 분들 마음속에 그런 생각들이 널리 널리 퍼져 나갔으면 하는 바람을 가져본다.

불기 2562년 4월 초
명진 스님

어록집이 많은 독자들에게 귀감이 되기를

"누가 지도자인가?"

본인 저서 출판 겸 북 콘서트에서 인연을 맺은 岛山 선생님께서 제목부터 흥미로운 『글, 어록, 강연, 토크집』이라는 명제로 국내, 외 각 분야 저명인사, 보통 사람들 2018인의 그 모음집 출판 면면을 보니,

· 지도자는 분노를 용서하고 승화시키는 마음 따뜻하고 포용적
  리더십을 가진 지도자 / 박영선
· 정치는 권력이 아니라 사람을 위한 시민을 위한 정치가 되어야
  한다 / 정도전
· 명견만리는 미래를 예측하고 나아갈 길을 제시 / KBS TV
· 경제 세미나는 경제 현안 진단하고 해결하는 의견 제시 / KBS R

이처럼 '정치, 경제, 사회, 문화, 종교' 등 각 분야 총 망라하여 그 분야에서 활동한, 활동하는 분들의 글, 어록집이라 좋았다.

'2018' 숫자 또한 의미가 있어 보였다.

2018년은 평창 올림픽을 치른 세계적인 행사였고,

2018㎞는 대장정 성화봉송길 거리이고, 2018인의 모음 글까지

2018 숫자가 세 번이나 겹치니 아주 특별하여 기네스북에 오를만한

2018 숫자이기도 하다.

4년여 동안 인내와 열정으로 결실을 맺어 출판된 어록집이 많은 독자들에게 귀감이 되어 단 한 줄이라도 마음에 새겨두면 좋을 듯하다.

COLLECTOR 'PYEONG CHANG' 님께도 영광이 있기를 바랍니다.

2018년 4월

국회의원 박 영 선

꿈있는 사람이 꿈을 이룰 수 있다

어쩌다 불쑥 만난 사람
특별한 인연으로 이어지는 사람… 忍山 선생님
만나면 내가 나의 멘토라 말하곤 한다.
출판하기도 전에 나에게 참고가 될 자료를 제공해서이다.

· 이 세상에 가장 아름다운 모토는 인연이고 사랑이고 가족이다. 내
  가 나를 사랑하면 남도 나를 사랑한다. 있는 그대로 나를 사랑하면
  남도 있는 그대로 나를 사랑한다.
  ─송혜정 장애인 스케이트 강사, 전 국가대표

· 시각을 잃기 전에는 돈만 생각했는데 시각 장애인이 된 이후 어떻
  게 하면 남을 도울 수 있을까를 생각한다.─시각 장애인
  KBS TV 100도씨 강연에 출연한 분들의 애절함이다.

· 150여명의 출연자들, 그중 불편함을 이기고 성공한 장애인들 절규
가 마음을 사로잡고 눈을 멈추게 했다.

사회의 편견을 돌파하고 불편함을 극복하는 지침이 될 것이라 확
신이 들고 희망을 안겨줄 강연이었다.

자기 자신을 인정하면 모든 게 해결된다고 한다.

자기 자신의 불편하고 부족한 부분 채워가며 부정을 긍정으로 바
꾸어 자신감을 갖는 체험담이다.

나의 어려웠던 과거도 긍정의 힘, 할 수 있다는 의지였다.

몸이 불편하신 분들에게 큰 힘이 되길 기원한다.

꿈이 있는 자만이 자신의 꿈을 이룰 수 있다!

힘듦 잊고 모음집 만든 찐山 선생님 큰 발전 있길 바랍니다.

前 전국장애인협회 회장
前 국 회 의 원   김 정 록

명언집 출판을 축하하며…

忍山 선생님

청청 하늘에 흰 구름 한 점 떠가네.

남쪽 하늘아래 진도에서 서울로 올라와 그 구름 만났으니…

강직한 성품 담고 일생모습 보여주니 깊고 푸른 강물이 내 앞에 흐른다.

대대손손 선비 집안에서 자라난 씨앗이라 보는 눈이 예사로워 길을 걷다가도 돌을 주워 금덩어리라 하는구려.

주옥같은 명언들을 추려내시니 선생은 과연 선비의 씨앗입니다.

오다가다 인생살이 지나치면 그만인 것을 하고많은 잡다한 삶을 내버리지 않고 4년여 동안 금쪽같은 어록들을 여기저기서 모아 2018년 동계 평창올림픽 대회를 '평창' 이름하여 기억 속에 남겨주니 후세에 길이길이 빛날 것입니다.

고귀한 말씀들을 낱낱이 기록해 남기시니 역사의 한 페이지가 될 것입니다.

忍山 선생님의 탁월한 지혜가 주는 교훈은 어느 누구도 생각 못한 훌륭한 작품입니다.

뜬구름 속에서 비를 내리라하니 선생의 혜안과 노력이 만방에 비출 것입니다.

다하는 날까지 한 푼 남는 동전잎이라도 남겨두지 말고 주머니를 다 비워 길가는 사람들께 나눠주기 바랍니다.

선생님이 기록한 고귀한 말씀 가슴에 담겠습니다.

뜻 깊은 2018년에 주옥같은 2018인의 명언집을 출판하니 축하드립니다.

2018년 동계 올림픽과 함께
명예철학박사 · 시인 **지 현 경**

지켜보면서…

'좋은 삶은 좋은 말을 낳는다.'

삶은 저마다 다를 수밖에 없다. 그러나 누구에게나 통하는 공통적인 것도 가지고 있다.

다른 사람의 삶이 자신의 삶과 무관해 보이지만 때론 영향을 미치는 경우가 있는 것이다.

그래 사람은 기본적으로 다른 사람의 삶에 호기심을 갖고 있다.

본인의 숙부께서 힘들 때마다 기댄 인물들의 글, 어록, 강연, 토크 등을 모으기 시작했다.

그들의 말들을 정리한 것은 그들의 말이 그들의 삶속에서 나와서였기 때문이다. 즉 좋은 삶은 좋은 말을 낳기 때문이다.

무려 2018명의 글, 어록, 강연, 토크를 정리한 모음집을 선보인다.

더욱이 2018년은 평창 동계올림픽에 숙부님의 이름이 영문표기 PYEONG CHANG여서 여러 가지로 인연 있는 해이기도 하다.

평생을 바쳤던 치열한 현장의 삶을 접고 4년 반 동안 오로지 여기에 매달려 왔다 하여도 과언이 아니다.

책을 읽다가, 신문을 보다가, TV를 보다가도, 라디오를 들으며 메모, 경영인, 종교인, 문인, 학자, 연예인, 정치인, 스포츠 등등… 가리지 않고 그들의 말이 가슴을 치는 것만을 기준으로 삼았다.

예전엔 서 있는 자리가 달라 지나친 말들이 마음에 와 닿았다 한다.

선친은 교직에서 퇴직 후 15년여 동안 진도 향토사 발굴하여 10권의 책으로 묶어 진도인물, 역사, 풍속 등 향토사에 큰 업적을 남기셨다.

이 책을 엮은 숙부는 부친 형제 중 막내이신데 그냥 노후 안보내고 이런 할 일 찾아 성과 낸 것에 장조카로 기뻐서, 벌써 다음 성과물 숙모님 수필, 숙부님 사진 함께한 수필, 사진집 출판 기다려진다.

그 꿈 꼭 이루시길 기원합니다.

시 · 소설 작가 박 상 률

차 례

✳ 명언은 실험실의 원리이며 행동의 기폭제다.

경영인, CEO어록

경영인 : 이병철, 이건희, 정주영, 황금찬, 우경선

CEO어록 : 임상옥 외

□ 이병철 회장

• 경영기법 1
1. 왜 그럴까?
2. 어떻게 그렇게 되었나?
3. 어떻게 되고 있나?
4. 어떻게 해야 하는가?

• 경영기법 2
· 부자 옆에 줄을 서라!
· 산삼 밭에 가야 산삼을 캘 수 있다.
· 부자처럼 생각하고 부자처럼 행동하라.
· 나도 모르는 사이에 부자가 되어 있다.

* 항상 기뻐하라. 그래야 기뻐할 일이 줄줄이 따라온다.
　남의 잘됨을 축복하라. 그 축복이 메아리처럼 나를 향해 돌아온다.
* 힘들어도 웃어라. 절대자도 웃는 사람을 좋아한다.
　들어온 떡만 먹으려 하지마라. 떡이 없으면 나가서 만들어라.
　기도하고 행동하라. 자기 일에 신념 가져야.
　기도와 행동은 앞바퀴와 뒷바퀴다.
* 마음의 무게를 가볍게 하라. 마음이 무거우면 세상이 무겁다.
　돈은 거짓말을 않는다. 돈 앞에서 진실하라.
　씨 돈은 쓰지 말고 아껴두어라. 씨 돈은 새끼를 치는 종자돈이다.
* 샘물은 퍼낼수록 맑은 물이 솟아난다(다섯 가지).

- 아낌없이 베풀어라.
- 적극적인 언어를 사용하라.
- 부정적인 언어는 복 나가는 언어이다.
- 깨진 독에 물 붓지 마라.
- 새는 구멍을 막은 다음 물을 부어라.

* 요행의 유혹에 넘어가지 마라. 요행은 불행의 안내자이다.
  자신감을 높여라. 기가 살아야 운이 산다.
* 검약에 앞장서라. 약 중에 제일 좋은 약은 검약이다.
  장사꾼이 되지 마라. 경영자가 되면 보는 것이 다르다.
* 서두르지 마라. 급히 먹는 밥은 체하기 마련이다.
  세상에 우연은 없다. 한번 맺은 우연은 소중히 하라.
  돈 많은 사람을 부러워마라. 그가 사는 법을 배우도록 하라.
* 본전생각 하지마라.
  손해가 이익을 끌고 온 돈을 맘대로 쓰지 마라.
  돈에게 물어보고 사용하라.
* 느낌을 소중히 하라. 느낌은 신의 목소리이다.
  돈은 애인처럼 사랑하라. 사랑은 기적을 보여준다.
* 기회는 깜박하는 사이 지나간다.
  부지런한 사람은 절대 굶지 않는다.
  성공과 행운은 꾸준하게 준비된 자에게 찾아온다고 한다.

☐ 이건희 회장 메시지

개인과 조직 기업을 둘러싼 모든 벽이 사라지고 경쟁과 협력이 자유로운 사회—발상 하나로 세상이 바뀌는 시대가 되었다.

· 일등위기, 자만위기와 힘겨운 싸움을 해야 한다.
· 신 경영은 더 높은 목표와 이상을 위해 새롭게 출발해야 한다.
· 신 경영 새 출발은 품격, 창조, 상생이다.

□ 정주영 회장

* 자기 일에 신념 가져야 성공한다.
* 기업성공 요체는 인간 관리이다.
* 현장 관리자의 자세, 본사 현장직원 관리자교육
  1. 소신껏 일해라. 2. 모든 공사수행에 시간을 아껴라.
  3. 생각 없이 출근하여 퇴근 기다리는 습관 버려라.
  4. 협력업체, 거래선 좋은 관계 유지하라.
  5. 솔선수범해 근검절약 실천하라.
  6. 결단은 칼처럼, 실행은 화살처럼 하라!

* 부모의 역할 다섯 가지
  1. 물질이 자녀교육에 영향 미치지 않도록 하라.
  2. 말보다 행동으로 모범을 보여라.   3. 자립심을 키워라.
  4. 긍정적 신념과 창조적 개혁정신을 심어주어라.
  5. 키우는 공을 세우지 말고 공부하라는 말보다 정서에 호소하는
     교육이 중요하다. ―청소년 교육 강좌에서

* 효는 가정에선 화목이 되지만 사회로 확산되면 공경과 봉사정신이

되고 국가로 확산되면 충이 되는 것이다.—아산효행대상 시상식에서
* 통일 경제란 남한이나 북한 어느 쪽도 통일을 못한 채 허점을 보이면 밖의 네 나라가 경쟁적으로 달려들게 되어 하루도 편할 날이 없을 것이다.—인간개발 연구원에서
* 부지런한 사람에게 좋은 운은 오는 것
* 신뢰의 중요성, 하고 싶은 일을 해라. 할 때엔 돈이 결코 장애가 되지 않는다. 당신이 해내려는 신념이 있고 그 일에 대해 신뢰하고 있다면 만사형통할 수 있다.—임직원특강
* 신용과 진실의 중요성: 자본보다는 신용이 훨씬 중요하다. 사업계획이 나의 과거가 신뢰받을 수 있다면 자본은 문제되지 않는다.
—서강대 최고경영자 과정
* 인간 관리의 중요성: 인사 활성화가 필요하고 경력보다는 능력이 중시되어 승진시키는 것이 인사의 원칙이다.—사장단 회의에서
* 정주영 회장 2001. 3. 21 중앙병원서 향년 86세로 별세
* 조문어록
  · 김대중 대통령, 국가경제 기여 국민들 잊지 않을 것
  · 빈곤의 한 세기 극복한 경제인, 통일 못보고 가서 안타까워
  · 정치참여 좌절, 한국 경제의 신화
  · 남북긴장 완화에 크게 기여, 아직 할 일 많은데
  · 무에서 유 창조 개척정신의 큰 별, 세계에 한국인 자긍심 심어
  · 1992년 대통령 선거 출마하여 낙선
  · 경제에 희망가치 새 정치 실험
  · 1998년 6월 소떼 몰고 방북, 한국 기업인 최초 김정일 면담.

20세기의 위인은 가시다

황 금 찬

자연도 그의 뜻에 동참하였다.
그분이 남긴 발자국 그 발자국마다 하늘, 지혜와 땀 그리고 의지
바다에도 저 사막에도 세계의 도시마다
그의 창조의 뜻은 자라가고 있다.

이제 이 땅에 다시 아침이 와도 눈뜨지 않는 또 하나의 태양이 되어
사랑의 나라 대한민국을 이별하고 총총히 문을 닫는가?
참으로 가난했던 나라,
정주영 당신이 문을 연 현대의 신화 그 하늘의 의지로 이룩한 경제

지금 우리는 전 세계 속에서 경제의 날개를 펴고
주름살 많았던 그 표정들을 젊은 나이의 모습으로 바꾸고 있나니
정주영 현대그룹 전 명예회장
우리는 자랑할 것이 없던 나라의 국민이었다.

이 나라에 오던 날 우주가 문을 열고 우리에게 가난에 초라해진
마음을 버리라, 버리라고 했거니,
정주영 님
당신의 음성은 곧 창조요 부요 건설이었다.

20세기를 울리던 종소리는 멎고 있는가?

영롱한 깃발은 바람 앞에서도 나부끼지 않았는가?

아! 내 마음 존경의 고향은 이렇게 문을 닫는가?

기억하라! 그 분이 세우신 현대,

먼 미래에도 찬란한 깃발을 휘날리리라!

□ CEO 좌우명

· 조선거상 임상옥─재물에 있어서는 물처럼 공평하게 하라.

· 유기회사 이승훈─땅속의 씨앗은 자기의 힘으로 무거운 흙을 물리치고 올라온다.

· 경주 최부자 최 준─사방 백리 안에 굶어죽는 사람 없게 하라.

· 유한양행 유일한─기업은 사회를 위해 존재한다.

· 금호회장 박인천─신의, 성실, 근면

· 삼표식품 박규희─옳지 못한 부귀는 뜬 구름과 같다.

· 코오롱 이원만─공명정대하게 살자.

· 경방 김용만─분수를 알고 일을 즐긴다.

· 효성 조홍재─덕을 숭상하며 사업을 넓혀라.

· 삼성 이병철─수신제가 치국평천하

· LG 구인회─한번 사람을 믿으면 모두 맡겨라.

· 쌍용 김성곤─인화가 제일 중요.

· 현대 정주영─시련은 있어도 실패는 없다.

· 벽산 김인득─남과 같이 해서는 남 이상 될 수 없다.

- 교보 신용호—맨손가락으로 생나무를 뚫는다.
- 대림 이재준—풍년곡식은 모자라도 흉년곡식은 남는다.
- 개성 한창수—아름답고 평범하게 살자.
- 한진 조중훈—모르는 사업에는 손대지 마라.
- 대상 임대홍—내 의도는 하나로 꿰뚫고 있다.
- 한화 김종희—스스로 쉬지 않고 노력하라.
- 롯데 신격호—겉치레를 삼가고 실질을 추구한다.
- SK 최종현—학습을 통하여 스스로 문제를 해결한다.
- 을유 정진숙—차라리 책과 더불어 살 수있는 가치가 낫다.
- 두산 박용곤—분수를 지킨다.
- 금호 박정구—의가 아닌 것은 취하지 마라.
- 동원 김재철—모든 일에 정성을 다하자.
- 두산 박용오—부지런한 사람이 성공한다.
- 우리금융 윤병철—아직 배가 12척이나 있고 저는 죽지 않았다.
- 광동 최수부—자신이 하고자 하는 일이 있다면 끝까지 완수하자.
- 미래산업 정문술—미래를 지향한다.
- 동양화재 정건섭—크고자 하거든 남을 섬겨라.
- 현대 정몽구—부지런하면 세상에 어려울 것이 없다.
- 캐드콤 김영수—충분히 생각하고 단호히 실행하라.
- 아티포트 김이현—사슴은 먹이를 발견하면 무리를 불러 모은다.
- SK TEL 조정남—하는 일마다 불공을 드리는 마음으로 대하라.
- 두산 윤영석—정성이 지극하면 하늘도 감동한다.
- 연합캐피 이상영—물은 모두를 이롭게 하지만 다투지 않는다.
- 삼우무역 이성희—이득은 적당히 탐해야 한다.

- 원일건설 김문경—지나친 것은 미치지 못하는 것과 같다.
- 삼성 이건희—경청하라!
- 현대모비스 박정인—인내하라!
- LG칼텍스 허동수—처지를 바꾸어 생각한다.
- 코롱건설 민경조—덕은 외롭지 않고 반듯이 이웃이 있다.
- 한국타이어 조충환—밝고 적극적인 삶의 태도를 지니자.
- 현대산업 이방주—우주는 무한하고 인생은 짧다.
- 삼성물산 배종열—깊은 강은 소리를 내지 않는다.
- 현대아산 김윤규—부지런하면 굶어죽지 않는다.
- 만도 오상수—나의 발자국이 뒷사람의 이정표가 되리라.
- KT 이용경—노력한 만큼 얻는다.
- LG 구본무—약속은 꼭 지킨다.
- 웅진 윤석금—나를 아는 사람은 모두 사랑한다.
- 벽산 김재우—계획은 멀리 보되 실전은 한걸음부터!

□ **우경선 회장** 명예 철학박사

• **부지런 하라!** / 신안건설 산업 주식회사 대표이사 회장 우경선

* 일보다 일을 대하는 태도가 중요하다.
   부지런한 자는 앞날을 걱정하지 않는다.
   항상 할 일이 있고 길은 자연스럽게 열리기 때문이다.

• 손자에게 전하는 일의 지혜 33가지

* 앞으로 20년, 30년 후 나의 이야기가 50년이 지나면 오래된 이야기가 될 것이다. 그러나 중요한 원칙은 50년 백년이 지나도 이어진다.

• 일이란 무엇인가?

1. 일의 의미를 알아라.
2. 알지 못하고 행하는 것은 욕심이다.
3. 잘할 수 있는 일을 하라.
4. 일에서 배워라.
5. 실패라고 부르지 말아라.
6. 꼭 해야만 되는 일도 있다.
7. 무엇이 중요한가?
8. 한눈 팔지 마라.
9. 늘 깨어 있으라.
10. 사업이란 무엇인가 알아야
11. 일이 사람을 만든다.

※ 우경선 지음 / 손자에게 전하는 일의 지혜 33 『부지런하라』에서

• 부지런하라

* 부지런한 자는 앞날을 걱정하지 않는다.
항상 할 일이 있고 길은 자연스럽게 열리기 때문이다.

• 손자에게 전하는 일의 33가지

삶이 가르쳐 준 것

12. 부지런 하라.   13. 때를 알라.
14. 방법은 반드시 있다.   15. 위기에서 기회가 온다.
16. 할 수 있는 만큼만 하라.   17. 판단에는 원칙이 있어야 한다.
18. 하지 말아야 할 일도 있다.   19. 운과 복
20. 돈이 들고 나감에 원칙이 있어야 한다.
21. 겸손하라.   22. 전문가에게 조언을 들어라.

행복한 사람이 되어라

23. 할 수 있다는 자신감을 가져라.   24. 가족이 우선이다.
25. 끊임없이 배워라.   26. 건강은 습관이다.
27. 봉사는 나 자신을 돕는 길이다.   28. 소임에 충실하라.
29. 진정 나를 위하는 자는 누군가?   30. 지나침을 경계하라.
31. 최후선택은 자신이 한 것이다.
32. 하고 싶은 일이 많은 사람이 되어라.   33. 행복이란 무엇인가?

＊ 전 노동부장관께서 우경선 명예철학박사 자서전 읽고 젊은이에게,
＊ "청년이여 큰 뜻을 가져라"(Boys be ambitious)라고!

교수, 정치인, 법조인

교수, 정치인 : 김정렬, 조창연, 신봉승, 윤평중, 최창렬, 김태희, 이진곤, 이준한,
　　　　　　홍준표, 이명수, 송　자, 박찬식, 손풍삼, 이영작, 성낙인, 진중권,
　　　　　　손호철, 김지은, 신　율, 최장집, 조　국, 김호기, 한화갑, 조상식,
　　　　　　카네기, 표창원, 이상돈

법조인 : 한승원, 천종호

〈교수, 정치인〉

☐ 김정렬 대구대 교수

- 국민행복을 생각한다
    * 안전 중시형 기업활동.
    * 지속가능한 발전을 위한 정부 관심.
    * 티베트 불교—히말라야 국민행복 특구 성공사례.
    * 관용과 자비로 사회 응어리 풀어야
    * 과도한 경쟁 피하고 줄 세우기 평가, 부자열풍의 함정을 탈피
    * 공동체 가치를 재인식하도록 유도해야 한다.

☐ 조창연 교수

- 인사는
    * 공정성, 대표성, 전문성을 가진다.
    * 현재 인재는 많은데 선택을 못한다.

☐ 신봉승 교수

- 인사는
    * 능력보다는 도덕성이 우선이다.
    * 검증은 공론에서 하면 최고이다. : 식견, 도덕성, 행동성.
    * 위민 민본을 앞세워라.
    * 비서실장은 차관급이어야 한다.

□ 윤평중 한신대 교수

* 대통령 주위에 직언, 고언하는 사람이 없는 것 같은데 그것도 대통령 책임이다.
* 실용보수 이명박 정부에 이어 이념보수인 박근혜 정부가 들어서면 사문화된 법조항을 끄집어내는 현상이 뚜렷해진다.
* 원칙론 : 원칙론을 주장하는 것은 능력의 한계를 드러내는 것이다. 세상의 모든 일에는 부정적인 면과 긍정적인 면이 존재하는데 외골수 한 가지만 얘기하는 것은 다양성을 포기한다는 것이다. 원칙을 허물면 신뢰가 무너진다. 능력 없는 사람이 자신의 무능함을 원칙으로 보장하는 것이다.

□ 최창렬 용인대 교수

* 정치란 갈등을 조정하고 관리하고 타협하는 것이다.
* 민생이 곧 정치인데 정치 없이는 민생도 없을 것이다. 민생과 정치는 다른 것이 아니다.
* 문창극 총리후보 지명에 : 민족을 중요하게 생각하는 보수의 가치와 부합하지 않는다.

□ 김태희 실학21네트워크 대표

• 인재가 없는 까닭
  1. 인재를 버리기 때문이다.

다산 정약용의 「통색의(通塞議)」에서 신분으로 버리고 지역으로 버리고 당색으로 버리니 인재를 구할 수 없다.

2. 인재를 알아보지 못하기 때문이다.

인재를 보는 안목이 없고 편견과 좁은 소견이 앞을 가리기 때문이다.

3. 인재를 기르지 않기 때문이다.

사람을 버리지 않고 쓰는 것이 중요하다.

* 노자는 물건을 잘 쓰는 사람은 버릴 물건이 없고 사람을 잘 쓰는 사람은 버릴 사람이 없다.

* 인사는 말이 아닌 실천이 중요하다.

□ **이진곤** 경희대 교수

* 현대정치는 선과 악으로 구분하면 안 된다. —코레일 집회에

□ **이준한** 인천대 교수

• **중진에 대해서**

미국상원은 先 수가 높은 중진들이 정치의 중심에 서서 주고 받고 타협하고 실리를 챙기고 상대방에게 명분을 만들어주게 허용된다며 우리나라 국회 같으면 중진을 향해 변질자라 할 것이다.

☐ 홍준표 경남지사

* 세상을 바꾸는 것은 비 주류군이다. 진보, 보수개념을 떠나 국익개념으로 정치를 해오고 있다.
* 보수진영은 당당하지 못하고 진보들은 뻔뻔하다.
* 국회 선진화법은 책임 회피법이고 안철수 현상은 양당이 싫어서 생긴 것이고 구름 위를 걷다가 땅으로 내려온 사람이다.
* 대한민국의 문화세력의 70%는 진보세력이고 진보세력은 배고프나 현재는 배부른 강남좌파란 신조어가 탄생.
* 세상 사람들이 자식에게 '너희 아버지는 바르게 살다 가신 분이다' 라고 하면 원하는 것 없는 인생이다.
* 정치는 무한대를 발생하는 것이다. 1 플러스 1은 백, 천이 된다.
* 개가 짖어도 기차는 간다.
* 대통령이 달변가가 못돼서 그렇지 불통이라고는 생각지 않는다. 소통은 국민과 하는 것이지 불법과 하는 것 아니다.
* 2014. 9. 3. 봉하마을 노 전 대통령 묘소 처음 참배에서 '노 대통령은 훌륭한 대통령이었다.'

☐ 꼴뚜기 보수 이명수 세명대학원장

* 진정한 보수와 진보라면 진정한 하나로 통합할 수 있기 때문이다. 젊어서 보수면 가슴이 없고 늙어서 진보면 머리가 없다.
* 중진들이 초선 눈치나 보니 총대 메고 교착상태를 풀지 못한다. 先수가 쌓였다고 중진이 아니라 어려울 때 리더십을 보여야 제대로

된 중진이다.

* 거짓이 아무리 모여도 참이 되지 못한다.

□ 송자 전 연세대총장

* 영향력 있는 언어는 영어, 중국어, 스페인어, 일본어이다.
* 일본 사람의 3S,
  ① SMILE(웃음) ② SILENT(침묵) ③ SLEEPING(존다)
  웃고 조용히 앉아 존다.

* 현대인
  ① 언어의 영향력을 가지고 창조적인 일등이 되라.
  ② 한 분야에서 일등하라.
  ③ 새로운 분야에서 일등하라. 창조적인 인재가 필요하다.
  ④ 생각하는 머리, 새로운 지식이 필요.

□ 위조된 성적표 박찬식 경북대 총장

* 자식의 위조된 성적을 알고도 재산목록 1위인 돼지를 잡아 잔치
* 부모님의 마음은 박사이고, 교수이고, 대학총장인 나는 아직도 알
  수 없다.(중학교 때 꼴등을 일등으로 고쳐서)

□ 손풍삼 순천향대 총장

* 무신불립(無信不立)─믿음이 없으면 일어설 수 없다.

* 주입식 교육은 창조력을 상실한다.

* 지식이란 배우거나 보거나 들어서 아는 것이고 지혜란 그것을 사용하는 사람의 아이디어이다. 지식을 완전히 사용할 수 있는 지혜가 필요하다.

□ 이영작 한양대 명예교수

* 정치는 같이 사는 것이다.

* 법에서는 사형선고 내리나 정치에서는 사면을 해준다.

* 정치는 힘으로 해야 한다.─법치주의

□ 성낙인 서울대 총장 취임사

* 자긍심과 책임감을 갖고 봉사하는 성한 인재육성.

* 정직하고 성실한 차세대 지도자를 양성하기 위해 인성교육을 강화하겠다.

□ 진중권 교수─북침의 이해

* 북침은 6·25때 북한이 남한을 침공해서 북침이고 남침은 북한에 의한 남한침공이다.

＊ 박근혜 대통령, 그냥 솔직하게 채동욱 검찰총장 나가라고 하세요. 이게 뭡니까? 너절하게…… 트위터에 9. 14.
＊ 내란음모는 30년 만에 처음, 여적 죄는 60년 만에 처음, 검찰총장 감찰은 사상 초유의 일이다.

□ 손호철 서강대 교수

＊ 현대 민주사회에서는 국민과 소통하는 쌍방향 커뮤니케이터 리더십이 필요하다.
＊ 박 대통령의 일방적 지시형 리더십이 필요하다.
＊ 내가 옳다면 가는 순교자의 정치.
＊ 여론기관에는 '역사가 나를 평가할 것' 이라는 독선적 방식이 되어선 안 된다.

□ 강지은 교수

＊ '세련된 진보, 양심적 보수가 탄생해야 한다'

□ 신율 명지대 교수

＊ 정치는 결국 갈등의 조절이다. 역지사지해야 한다.
＊ 어려운 곳을 찾아가고 어려운 곳을 찾아내어 지원하는 것이 복지이다.
＊ 세월호 참사—이성이 감성을 이길 수 없을 정도로 모두 분노한다.

＊ 지금은 선거 전략이 아니라 국민에게 공감능력을 보여 주어야… 여야 공히

☐ 최장집 고려대 교수

＊ 민주당은 프랜차이즈 정당, 박근혜 정부는 폐쇄회로 정부다.
＊ 박 대통령의 일방적인 명령 하달방식으로 정책이 집행되다보니 장관의 역할이 드러나지 않고 국민도 정책을 이해 못하는 폐쇄회로 정부고 민주당은 구심점을 갖지 못하고 각 의원 1인 정당의 역할을 하는 프랜차이즈 정당이다.
＊ 정당 중심론에 대해 사회운동 중심론을 주장하며 진보논쟁 이끌어 옴.

☐ 조 국 서울대 교수

＊ 각하 두 가지만 하십시오.
　1. 분권형 대통령제로 헌법개정 : 국민적 시대적 과제
　2. 대북정책과 남북 정상회담개최 : 역사에 남을 것
＊ 창조경제, 국가 대 개조 비전 접으십시오!
＊ 당신도 죽는다는 것을 기억하라.
＊ 당신도 한낱 인간임을 기억하라.

□ 김호기 연대 교수

＊ 개혁과 행정가와 정치가의 영역은 엄연히 다르다.

□ 한화갑 전 의원

＊ 부자는 합법적으로 더 발전하도록 해주고 가난한 자는 더 노력하여 부자가 되도록 도와주어야 한다.

□ 조상식 동국대 철학과 교수

＊ 정치권이 소모적 이념갈등을 벌일게 아니라 독일의 보이스텔 바흐 협약처럼 민주화와 근대화의 꿈을 모두 인정하는 사회적 대 타협이 필요하다.

□ 카네기

- **나눔의 철학**
  ＊ 당신이 주는 것은 당신이 살아있다는 증거다. −엘리자베스 비버
  ＊ 기억하지 않고 주며 잊지 않고 받는 그들이 축복받는 사람들이다.
  ＊ 나눔은 주는 사람에게도 받는 사람에게도 전해지는 최고의 축복이다.
  ＊ 부자가 되어서 부자로 죽는 것은 불명예다.

* 나눔의 부메랑─선행은 반드시 부메랑이 되어 돌아오게 되어 있다. 주어라 그러면 너희도 받을 것이다.

□ 표창원 전 경찰대 교수

* '시간과 역사는 언제나 진실과 정의의 편이다' 라는 믿음으로 용기를…
* 나쁜 놈 보고 나쁜 놈이라 하고 쓰레기 같은 행동에 쓰레기 같다고…
* 부정선거는 진보냐 보수의 문제가 아니다. 민주주의의 법치국가로서 그 근간이 뒤집히는 일이다.

진실의 보루여야 할 기관과 기능을 사적으로 운용하고 이용해 불신의 습관을 조장하기 때문이다.
* 세월호 참사에…

쉽고 편한 삶은 결코 왜 사는지? 왜 사람인지에 대한 답을 주지 않는다. 삶의 가치를 만들어주지 않는다.

지금 나는, 우리는 어떤 모습인지? 돌아보아야 할 때다.

□ 이상돈 중앙대 명예교수

* 박 대통령 리더십이 만기친람(萬機親覽)─모든 일을 직접 챙기는 형이다.
* 깨알정치를 하면 좋은 의견들이 위로 올라가지 못한다. 위임정치가 되어야 한다.

* 야당을 대화상대로 소통정치를 해야 국정을 순조롭게 이끌 수 있다.
* 현 정부는 갈등조정능력이 없고, 전 정권의 껍데기를 벗어야 한다.
    형해화(形骸化)—껍데기는 있지만 속이 비어 있는 말.
* 언론을 적대하는 정권은 절대 성공할 수 없다.
* 대통령—여당은 불통이고, 야당은 한심하다.
* 기울어진 운동장도 문제지만 자기 골대 향해 공을 차는 것이 더 문제다.

• 진보란?
진보는 실현가능한 가치를 추구하는 것.

* 기업을 위한 경제민주화는 보수, 서민을 위한 경제민주화는 진보이다.
* 진보적 가치 실현가능한 사회, 경제, 민주적, 시민적 이념
* 한국사회 지나친 보수는 범야권을 덮친 진보의 위기이다.
* 진보의 편 가르기에 국민 염증을 느낀다.—**금태섭 변호사**
* 진보의 영원한 가치는 평등이고 문제는 경제의 건정성이다.
    —**진중권 교수**

• 최고의 진보인사
우원식 의원, 고 김근태 의원, 진중권 교수, 이영희 선생, 금태섭 변호사, 조영래 변호사

진영논리, 갑론을박, 보수, 진보…

☐ 최영일 평론가

우리사회는 진영논리에 빠져있는 것이 큰 문제다.

☐ 홍성걸 교수

보수의 가장 큰 덕목은 도덕성이다.

☐ 복거일 보수논객

* 대한민국을 지키겠다는 사람은 모두 보수이다. 필요하고 양보하고 배려하는 세상이 되었으면 한다.
* 작품의 소재는 많은 독서에서 얻고 경험하지 못한 것은 책을 통해 얻는다.
* 현대지식으로 사회개혁을 요구하는 장르의 책을 쓸 계획이고 지식 인은 비판받는 걸 싫어한다.
* 사회 리더, 정치지도자 윤리성이 안 보이고 지도자 관행 없어져야 사법부의 정의로운 판단이 필요하고 도덕 재무장 운동이 필요하다.

☐ 조희연 성공회대 교수

• 한국 정치가 선 순환하기 위해서는
① 진보적 대중운동이 성장하고 그걸 기반으로 진보정치가 약진하

고, ② 그 약진에 위협을 느껴서 중도개혁정당이 자기혁신을 하고, ③ 중도개혁정당의 혁신에 자극받아 보수정당이 건강한 변화를 모색하는 것이다.

＊ 민주주의는 제도정치, 운동정치, 양 궤도의 상호작용으로 발전한다.

　□ **류근일** 조선일보 주필(2015. 1. 30. TV조선 토크쇼에서)

＊ 정치는 드라마다. 개혁으로 바꿔라.

＊ 떡줄사람 생각도 않는데 김칫국부터 마신다. —대북관계 메시지에

＊ 남북 관계자 관목이 다르다. 정부가 장난하고 있다.

＊ 북한에선 광복 70주년 받아들일 수 없다. —혈통관계로

　□ **이민규** 교수

＊ 인생은 심각하게 살지 않았어야 한다.

＊ 상호성 원리 —사람들은 자기를 좋아하는 사람만 좋아한다.

＊ 상대방을 설득시킬 때 —우리자신을 믿어야 한다. 상대방이 좋아할 때 상대방에게 좋아한다는 말을 해야 한다. 문제가 생겼을 때 자신에게서 문제점을 찾아야 한다.

〈법조인〉

　□ **한승헌** 전 감사원장(호 진촌 : 진짜 촌놈의 약자)

＊ 현재 사법부가 어느 정도 독립이 이루어진 것은 사법부에 의해 이

루어진 것이 아니라, 죄를 지은 피고인들의 투쟁에 의해 이루어진 것이다.

* 5·18당시 투옥된 것은 김대중 주역에 내가 조역이었다.

* 감옥에 들어갈 때는 기분 나쁘게 들어가 기분 좋게 나오는데 청와대는 기분 좋게 들어가 기분 나쁘게 나오는 것이 되어버렸다.

* 새해에는 놀자에서 더욱 잘 놀자로, 세상 살면서 줄 자꾸 바뀌 서는 것 좋지 않다.

* 감사원장 당시 김대중 대통령으로부터 전화한번 받은 적 없다.

* 무엇보다 배금주의적 사고를 사람존중의 사고로 바꾸는 교육이나 사회 기풍 조성이 절실하다고 본다.
  돈이 최고라는 고질화된 사회풍조, 돈이 최선의 무기, 최고의 가치라는 욕망사회(사회상층부가 먼저 정화되어야…)

* 大學의 덕자본야 재자말야(德者本也) 외본내말 쟁민시탈(外本內末 爭民施奪)이란 덕은 근본이요 재물은 맨 나중이라 그 본질을 뒤집게 되면 사람들이 다투어 빼앗게 된다.

* 빙공영사(憑公營私)란 즉, 관청이나 공공의 일을 이용해 개인의 이익을 꾀하는 것─5. 6 경향 인터뷰 중에서

• 경향 창간 기획에서(10. 6) – 한승헌 전 감사원장

* 시대의 망각 막기 위해 자판기판결의 진실을 말하겠다.(시국사건 1호 변호사, 의혹과 진실)

* 역사를 알고 깨달아야 주권자인 국민이 정치의 객체가 아니라 주체로 격상되어 살아갈 수 있다.

* 사법부의 역할은 공정한 재판으로 정의를 세우는 것, 공정성을 흔드는 외풍뿐 아니라 강자의 이해에 의해 영합하고 친분에 휘둘리는 내풍도 경계해야 한다.
* 법관의 용기, 신념 절실한데 과거 사법부 소임 다하지 못함.
* 재판의 한계, 의혹제기로 올바른 현대사 인식 돕고 싶어
* 저서 〈한승헌변호사건 실록, 분단시대의 법정〉 등
  현 가천대 석좌교수, 전주고, 전북대 졸
* 법이란, 법은 상식의 하위 개념이다. 법은 하나다. 법 앞에 만인은 평등하다.

□ 천정호 부장판사(부산법원, 청소년 전담 재판)

* 불우청소년 돌봄, 출소 후,
* 재판시 재소자 자작시 낭독
  감사, 미안, 사랑합니다.(부모와 같이 이야기 하게 함)
  그 때
  그때 사람들은 말한다.
  그때 잘 했더라면,
  그때 알았더라면,
  그때 조심했더라면,
  훗날은 지금이 바로 그때가 되는데
  지금은 아무렇게나 보내면서 자꾸 그때만을 찾는다.

* 사생취의(捨生取義) : 목숨을 버리더라도 '의' 를 지킨다.

• **천정호** 부장판사 / 부산(2016. 4. 22. KBS R. MC 이규원 아나운서)

＊ 청소년 재판시 호통, 선도로 유명
＊ 처벌보다는 건장하게 자라 사회 재진출시키려고 교화한다.
＊ 판사생활 20년에 청소년 재판만 7년째 하고 있다. 퇴임까지 청
   소년 전담 판사 되겠다.
＊ 소년범죄 예방을 위해 더 노력하겠다.
＊ 부산에서 범민가의 7남매 중 장남으로 태어나 문과선택 사법고
   시 5번 응시하여 최종합격.
＊ 청소년 회복센터 설립
   ㆍ 재범률이 높아 이를 방지하기 위하여―쉼터에서 교화
   ㆍ 운영자들 후원받아―자신의 집을 제공하여 비행청소년 후원
   ㆍ 한 가정당 7~8명, 경남 6곳 포함하여 16곳 운영하고 있다.
      ―비행청소년이라 혐오감 가져 꺼려한다.
   ㆍ 결손가정 재범률은 67%, 쉼터출신 30%로 나타난다.
   ㆍ 센터 1명씩 선발 추천받아 16명 라오스 다녀왔다.―봉사하고
      귀국하니 자부심을 가졌다.
＊ 사회적 인식 때문에 출소한 아이들―무소식이 희소식이라 생
   각한다.
＊ 사회에 던지고 싶은 메시지는―저 출산으로 위기라고 이야기
   하나 출산된 아이들 잘 교육시키는 게 더 중요하다.
＊ 어려운 환경의 청소년들 사회적 후원이 적고, 이 아이들 사회적
   환경 생각하고, 이 아이들이 사회적 주역이라 생각하여 주기 바
   란다.

그 날

영친왕, 이 준, 산 송, 홍종우, 김옥균
이기훈, 안중근, 세 종, 황 희, 광해군

〈그 날〉 KBS 일요기획, MC 최원정 아나운서

□ 대한제국

* 1897년에서 1910년까지 대한제국 13년.
* 대한제국 선포일지
  1. 1897년 8월 14일 연호를 광무로 정함
  2. 10월 11일 국호를 대한으로 제정
  3. 10월 12일 황제즉위 및 황태자 책봉
  4. 황태자비 민씨를 황태자비로 책봉
* 1900년 8월 17일 대한민국 국호 국제반포
  1900년 8월 17일 이강, 이은을 영친왕으로 책봉
* 1910년 을사보호조약 체결로 13년 대한제국 막 내림
  헤이그 밀사

□ 네덜란드 헤이그 관련기사 2013. 3. 22 경향에

* 이준 열사 107년 전 통한의 역사현장
  · 107년 전 대한민국 외교관들이 일본제국주의 부당함을 국제
    사회에 알리려다 실패
  · 1905년 11월 17일 일본이 한국외교권 박탈하기 위해 강제로
    을사늑약체결
  · 1907년 6월 제2회 만국평화회의 개최―이상설, 이준, 이위종 밀
    사로 을사늑약부당 일본침략 부당 알리려 했으나 회의장 입장

불가하여 이준 열사가 "내 조국을 구해주시오. 일본이 대한제국
을 유린하고 있다"라고 유언 남기고 삶을 마감.
- 이준 사체 헤이그 시립묘지에 안장 박정희 정권 때 수유리에 안장
- 헤이그에 이준 열사 기념관 있고 국제사법제판소가 있다.
- 이 사건으로 고종 퇴위하고 순종 왕위 계승했다.
* 고종의 재평가—헤이그 밀사 실패로 일본에 패망, 대한제국의 한
* 고종의 비자금—500억 추정
* 고종의 비자금추적—헐버트 외교활동 중국 독일은행에 에디슨 전
  기발명 후 세계 8번째 사용

□ 조선의 헌법 — 경국대전

* 척지다는 원수지다.
  흠흠은 법을 집행할 때는 삼가고 또 삼가라.—정약용
* 정조는 솔로몬의 지혜, 포청천의 힘, 법리학을 겸비한 왕
* 산송—이조 때 묘소 소송을 말함.
           파평윤씨와 청송심씨 간 400년간 이어짐.
* 홍종우—조선 최초 불란서 유학자
           일본에서 김옥균 암살시킴—1894년 고종 명에 의해
* 갑신정변—1884년 개혁파에 의해 김옥균 주도
  - 김옥균—나는 역적이 아니다. 나라를 위한 거사일 뿐이다.
  - 갑신정변은 반청개혁이고 청나라에 조공폐지가 주 목적.
* 조선 개혁운동—최초—자주독립운동 46시간 정권 잡음.
  - 거사자금 박영효 집을 팔아 마련—당시 오천 원

＊ 흥선대원군 청나라에서 데려감.
＊ 동암 서상일 독립운동가, 정치가—양심명령
　· 양심의 명령을 따르지 않으면 비겁하다.
　· 청년이 비겁하면 나라가 망한다.

□ 청년아 청년아 우리 청년아! —이기훈 저

＊ 청년! 굴곡진 현대사에서 그들은 무엇이었나?
＊ 청년은 지배 권력의 의도와 정치적 상황에 따라 역할과 의미 달라져
＊ 청년개념의 전개와 변천을 통해 한국의 근현대사 되씹어
＊ 1910년대 애국계몽의 전위대—신교육을 받은 조선청년들
＊ 1920년대 민족의 통합적 주체—청년단체 결성
＊ 1930, 40년대 일제전쟁의 부속체—일제 군사훈련 참여
＊ 1950년대 우익폭력의 주체—해방 후 미 군정 후 우익청년단체 결성
＊ 1960, 70년대 저항의 주체로 부활—4·19혁명 주도

　—경향 10. 18 책과 삶에서

□ 안중근 의사 천주교 세례명 : 토마, 무과 급제
황해도 해주산, 1879년생, 1910. 3. 26 순국(만 31세)

＊ 이토 히로부미(이등박문) 저격, 사망시킴—세계 7대 위인
＊ 나 하나의 죽음이 세계평화를 위하면 된다.—1905년
＊ 평화주의자—국가 앞에는 종교도 없다.
　· 종교는 다르더라도 제국주의는 따를 수 없다.

· 동양 전체를 꿈꿨던 평화주의자

＊ 너의 죽음은 너 개인의 죽음이 아니라 대한민국의 죽음이다.

　－어머니가

· 옥중 아들에게 보낸 어머니 편지

　네가 만약 늙은 어미보다 먼저 죽는 것을 불효라 생각한다면 이 어미는 웃음거리가 될 것이다. 너의 죽음은 너 한 사람의 것이 아니라 조선인 전체의 공분을 짊어지고 있는 것이다.

　……중　략……

　아마도 이 편지가 어미가 너에게 쓰는 마지막 편지가 될 것이다. 여기에 너의 수의를 지어 보내니 이 옷을 입고 가거라. 어미는 현세에서 너와 재회하기를 기대치 않으니 다음 세상에서는 반드시 선량한 천부의 아들이 되어 이 세상에 나오너라.

＊ 하얼빈에서 이토 히로부미 사살하고 총 반납 후 투옥
＊ 대한제국군인 신분 밝히고 국제법에 따른 국제재판 요구,
＊ 그러나 일본 관할 재판을 개인적인 원한으로 사실 말하면 사형 면해주겠다고.
＊ 죽는 것 두렵지 않소. 이번 거사는 동양의 평화를 위한 것이라고 알아주길 바라오!

　　　　　　　　　－ 15가지 죄목으로 1910. 3. 26 순국

- **당시 외신보도**

  * 영국—재판의 진정한 승리자는 안중근
  * 미국—이토 히로부미의 죽음이 사람을 압제하는 악한 수단을 압제하는 자의 경계가 되길 바란다.
  * 중국—한국에 인재가 없다 말하지 마라.

- **안중근 의사의 유언**

  들거라. 내가 죽거든 하얼빈 공원길에 묻어두었다가 조국의 주권이 회복되면 고국으로 옮겨 장사 지내다오.

  나는 한국에 가서도 마땅히 나라의 독립을 위하여 힘쓸 것이다. 너희도 돌아가서 동포들에게 모든 국민된 의무를 다하고 힘을 다해 독립을 이루라고 전해다오.

  대한독립의 소리가 천국에 들려오면 나는 마땅히 춤을 추며 만세를 부를 것이다.

  안중근

• 안중근 어머니가 쓴 편지

내가 항소를 한다면 그것은 일제에 목숨을 구걸하는 것이다.
네가 나라를 위해 이에 이른 후 딴 맘 먹지 말고 죽어라!

— 1910. 2. 24일 안 의사 사형선고 일에

• **황은주**(안 의사 외손녀 86세) — 현 미국 거주

안 의사는 동양평화론자의 선구자다. 일본은 군국주의 회귀 걱정스
럽고 안 의사는 테러리스트라는 망언에 혈압 오른다.—CBS 대담

□ **세종대왕**(KBS 2014. 2. 16. '그날')

* 반대파 유정현을 좌의정으로 임명, 자기편으로 만들었다.
* 세종은 처가쪽 장인 등 처벌
* 황희만큼 아이디어를 가진 사람이 없다.
  집현전 황희를 중심으로 연구 개발시킴.
  재상에서 지방관리 의견까지 수렴, 정책에 반영했다.
  황희 80세에 지팡이 하사하며 협조 구함.
* 일주일에 한번 국정토론
  긍정 후 반대의견에—경이 옳소 그러나 나는 이렇게…!
* 인재경연 최우선—최만리 : 훈민정음 편제 반대
  박연—아악, 장영실—아악, 학문—신숙주 · 성삼문
  장영실은 노비출신, 모친은 관기, 부친은 명나라 출신,
* 인쇄술 : 조선—장서용, 한정판, 서양—대중보급용—발전
* 가뭄으로 명나라 몰래 일력, 월력, 측우기 발명, 농서백서 발간
* 공법—세금은 공정하게, 대동법 시행강행
* 관노비에게 출산휴가, 노비는 천민이나 하늘이 준 백성이다.
* 황희 : 방촌 황희—가문에 영광, 국가에 영광
* 조선 다산왕—세종, 정종, 선조, 성종

* 세종대왕과 유태인 다섯 가지 유사점
 1. 나눔, 감사, 토론의 문화였다.
 2. 칭찬의 힘은 감사, 토론, 나눔 문화에서 나온다.
 3. 감사는 모든 일의 원천이다.
 4. 행복은 가진 것에 만족하는 것이다.
 5. 작은 일에 감사하면 행복하다.

☐ **광해군** 48자 호를 가진 왕―역대 가장 긴 호

* 임금님 수라상 : 국가에 재앙이 생기면 임금님 밥상에 반찬을 줄여
 올린다.

☐ **양녕대군**

세종 장남이었으나 공부 소홀, 왕 계승 못함.
 · 태종이 양녕대군 폐위 두 달 만에 충녕대군에게 왕위 승계시킴.
 · 지덕사 : 상도동에 양녕대군 사덕비 현존, 비운의 왕세자

☐ **세종** 애민 · 민본 · 민주 대왕

* 첫딸 정소공주를 잃고 『향약집성방』 집필―의학상식 망라, 임신 태
 교에서 해산, 음주전 칡즙, 혈액순환 등
* 만 원권에 용비어천가 새겨져 있다.
* 세종대왕 수여상 ― 유네스코에서 개발도상국에 주는 상

* 탄신일(5월 15일) : 섬김의 리더십—15세기 최고의 정신
* 조선외유책—대마도 중심 3포 개방 : 제포, 부산포, 영포(진해, 울산)

- **이예**

영원한 일본외교 전문가, 협상력, 대마도

- **신숙주**

해동 제국기—일본 정치, 경제, 사회에 대한 체험기

□ **문종**

* 적장 29년간 왕 계승 준비—유교 경저론
* 28세에 단종 탄생, 세 번째 세자빈 권씨 부인한테 단종 탄생.
 · 현덕왕후 권씨는 단종을 낳고 단명, 문종 즉위 2년 만에 마침.
* 여권이 강한 고려 말 왕비들, 궁궐분위기 그대로 조선왕실 승계

□ **고려사, 고려시기**

* 세종 때 연구개발한 화학무기, 화약 추진력 사용,
 1451년 세계최초 4군 6진 지역에서 사용.

□ 가깝고도 먼 일본

* 중국과 일본의 패권주의로 인하여 동북아 정세변화 예상.
  · 일본은 1980년부터 현재까지 한국에 대한 여론 조사 중.
  · 자유와 민주주의에 대한 공유건.
  · 고려 말, 조선 중후기, 현재의 일본을 직시해서 외교 펴야.

□ 1592년 4월 임진왜란 발발

* 전력보다 전략이 중요한 전쟁결과 적은 우리를 간과할 수 없다.
* 이순신 선조로부터 수군폐하라는 명을 받고 쓴 시
  · 한산섬 달 밝은 밤에 ………일성호가는 ………!
* 명나라에선 지원하나 선조는 깎아내림 —이순신에게
* 일본군 울산 성패전, 조선, 명연합군, 일본군 사망자 2만 여명
* 노량해전 7년 만에 승리, 이순신 전사.
* 인간적 의리가 결여된 선조, 후에 선무공신으로.
  · 사망 45년 후 인조 때 충무공 칭호.
* 임진왜란이 일본문화의 발전 계기가 됨. 나라 살린 건 백성이다.
* 왜관—일본인 외교관 업무시설, 조선기밀 기술정보수집.

P.S:우리가 대한민국에서 어떤 삶을 살아왔고 어떤 삶을 살아야 하
   나?— 임진왜란 토크 후기에서 KBS 최원정 아나운서

낭만논객

김동길, 김동건, 조영남, 프란치스코, 링 컨
네이튼, 케네디, 칸 트, 소크라테스, 마르틴
루터, M. 센들, 정몽주, 성삼문

TV조선 – 김동길 교수 MC : 김동건 아나운서

□ 행복이란

* 인생건강 나이는 나이에 80%이다.
* 가늘고 길게 살면서 인생의 참맛을 알아야 한다. — 길
* 나이에 걸맞게 사는 게 젊게 사는 비결이다.
* 좋아하는 사람과 함께 살아가는 것이 얼마나 아름다운 인생인가.
* 인생 70이면 법을 벗어나 구속 안 받고 눈치 안 보고 사는 인생이다.
* 지팡이 하나 짚고 다니는 것이 행복인줄 예전엔 미처 몰랐다.
* 만나는 것은 상봉이지만 헤어지는 것은 상처이다.
* 행복은 욕망을 비울 줄 알아야 한다.
* 가장 행복했을 때는 부모님이 살아계시고 젊었을 때였다.—길
* 내 것을 만들려니 자꾸 욕심이 생기고 욕심이 커지면 행복이 적어지고 욕심이 적어지면 행복이 커진다.
* 영국 3인의 낭만시인—바이른, 쉘리, 케츠
* 아름다운 것은 참된 것, 참된 것은 아름다운 것, 삶의 주기가 행복이 된다.
* 걱정 안 해도 될 걸 걱정 때문에 불행하다.
   · 죽음의 공포가 인간의 마음을 움직여 어떻게 최후를 맞이할 것인가?
* 삶의 동기가 행복의 지주가 된다.
* 행복은 각자 자신의 유토피아다. 현실에 존재하지 않는 이상 유토피아다.

* 욕망이 많아서 행복하지 못하다.
* 나폴레옹은 일생 6일뿐 행복하지 못했다고 했다.
* 욕심, 욕구, 불행 현실이 행복지수이다.
  · 탈피해야 – 조영남 가수
  · 욕심이 클수록 행복이 줄어든다 – 김동길 교수
  · 욕심과 행복은 반비례한다 – 김동건 아나
* 세상에 내 것은 없다. 내 것으로 만들려니 불행해진다.–프란치스코 교황
* 의족은 기회로, 기회는 행복으로 – 의족 육상선수
* 일어나지 않은 일 미리 걱정하는 것–확고한 행복가치를 가져라.
* 행복하려면 자신의 마음의 유토피아를 가져라! – 김 교수

   • 대학교수가 유명해진 것은
   박정희 대통령이 감방에 보내준 덕분이다. 칼국수도 얻어먹지 마
라. 그래야 큰소리친다. – 김 교수
* 아무에게나 악의를 품지마라. 모든 사람에게 사랑을 베풀어라!–링컨
* 서로 싸우고 열정이 있어서 경제대국이 되었다.

   □ 민족성의 장단점

* 미국의 국민성은 대통령이나 영부인에 대하여 단점은 감추어 주고
   장점은 자랑해준다. –사생활에 관대
* 선생은 많지만 스승은 없다. 인격을 형성시켜 주는 스승이 적다.

* 자유와 평등은 필수 불가분 관계이다.–김동건

· 좌우가 있어서 민주주의 국가이다. 극단적 좌우 편 가름은 안
   된다.
* 수단이 잘못되면 목적이 훼손된다. 생명, 자유, 평등을 지켜주는 대
   통령이 위대한 대통령이다.—김동길

☐ 100세 시대

* 인생은 마음대로 살 수 없다.
   · 몸은 불편하지만 여기까지 온 것이 고맙다.
* 신 중년시대 : 50, 60, 70세를 일컬음—김동건
* 젊은 사람에게 짐을 지우고 가볍게 살아라.
   · 짐을 벗는다는 것이 오래 사는 것이다.

☐ 전쟁—미국 네이든 동상

* 내 조국을 위해 목숨을 바칠 수 있는 내 몸이 하나밖에 없는 것이
   후회스럽다.
* 전쟁은 평화를 위해 한다지만 평화를 위한 전쟁은 아직 없다.

· **자유라는 것이 목숨을 바칠만한 가치가 있느냐?**
   · 탈북 김만철 씨께 질문—김동건

* 인류가 전쟁의 종지부를 찍지 못하면 전쟁이 인류 종지부 찍는
   다.—케네디

* 상비군이 없는 세상을 만들어야 한다.-칸트
* 세계평화의 중심이 한국이 되어 유엔평화군만이 상주해야 한다.-
  김동길 교수

□ 노년이 걸어온 길

* 일제 때는 일본이 일류로 한국은 이류로 취급한 것이 참기 어려웠
  다.-김동길
* 전화번호 바뀌도 힘든데 창씨개명 얼마나 힘들었을까?-김동건
* 대한민국을 만든 역사 60대, 70대, 80대 세대이다.
* 1965년 12월 10일 월남파병 환송식-여의도
                경제발전주역
                부상 : 만 여명, 사망 : 오천 여명
* 경제발전주역 : 파독광부, 파독간호사, 월남파병
               파독송금 : 수출 2% 차지했다.
               70년대부터 중동근로자들이 주역

□ 노년이 살아온 길

* 살아야 한다는 일념으로 열심히 노력했다.-김동건 아나
* 세대 간 소통이 안 된다는 것은 일부 의견이다.
   · 체험을 갖고 젊은 세대에게 연수해 주어야 한다.
* 자부심을 갖고 보상은 바라지 말고 우리보다 조국을 더 멋있어
  하라.

* 더 큰일을 하는 젊은이가 되어라. 우리는 최선을 다해간다. 젊은이
   가 더 멋있는 세상 만들어라.-김동길 교수
* 자랑스런 유산 더 멋있게 후대 대대로 물려주길 바란다.-김동건

□ 왜곡된 중년 이미지 경향신문 4. 5

* 긍정적 이미지-원숙함, 풍부한 경험, 지혜와 통찰, 높은 책임감
* 부정적 이미지-무기력 쇠퇴

□ 법과 질서

* 악법도 법이다.-소크라테스
* 악법에 저항운동-마르틴 루터
   · 흑인이 백인버스 동승운동에서 반발
* 규제완화가 아니라 법을 정비한다로.
* 돈 있고 권력 있는 권력자가 정의롭게 살아야 한다.
   · 민중들이 정의롭게 사는 사회로 저항해야 한다.-김동길 교수

□ 자본주의 맹점

* 부자와 가난한 자가 함께 사는 것, 무너지는 중산층 -가진 자 불안
* 진정한 진보가 나와야 한다.
   · 국가 전복 기도하는 것이 진보 아니다.-마이클 센들
* 고려충신 정몽주-정의를 위해 목숨 버리는 것이 진정한 의인이다.

□ 단종즉위 성삼문(사육신)

* 야 이놈아 식었다. 더 달구어 고문해라!—태연하게 죽음 선택
* 여러 산하에 있는 뼈 모아 모신 곳이 노량진 사육신묘다.

□ 자식은…

* 똑똑한 자식은 국가의 아들, 부자 된 아들은 처갓집 자식, 못난 자식은 내 아들
* 헤어지지 않는 만남은 없다.
* 오늘 할 수 있는 조그만 사랑만 하라.
* 떠나간 사람에겐 남는 게 없다. 나의 흔적을 남기려는 것이 인생을 고달프게 만든다.
* 사회가 결혼 초기로 돌아가면 건전한 사회가 된다.

□ 이별은

* 이별을 통해 인연의 소중함을 느껴라.
* 남기는 것 자신하지 마라! 인생은 만남이고 누구나 한번밖에 초대받을 수 없다.
* 역사는 위인의 이름을 빼는것이다.
* 우정은 풍요를 즐기고 역경을 이긴다. 시작은 반이고 나머지 반은 땀이다.
* 살다보면 사라진다.—서편제에서

* 리더의 능력은 언어의 일치에서 나오고 힘은 행동에서 나온다.
* 젊을수록 안정적으로 살지 마라. 도전은 밥 먹듯이 하라.

□ 김동길 교수 어록

* 대통령도 직업인이고 자연인이다.
* 가족도 만나고 의사소통해야 한다.
* 허심탄회하게 만나야 정상적인 판단을 할 수 있다.
* 박 대통령은 10명의 십상인보다 10명의 현인이 필요하다.

□ 용서하며 사는 법 2014. 12. 18 TV조선

* 용서는 나무라기보다 이해하는 것 –김동길 교수
  · 인간은 누구나 내가 옳다 믿으니 용서하지 못하는 것이다.
* 용서는 삶속에서 실천할 수 있는 가장 큰 수행이다. –달라이라마
* 용서란 인간에게 마땅히 있어야 하는데 개인의 인품, 인격 등 차별
  되어 힘들다.
* 약한 자는 절대로 용서할 수 없다. 용서는 강한자의 특권으로 용서
  할 수 있는 힘을 가지고 있다.
* 힘 있는 사람이 약한 자에게 용서하기는 쉽다. –간디
* 용서할 수 없는 일 당하고도 용서하는 것은 약자가 강자 되는 것이
  다. 현실에선 강한 자만이 용서가 가능하다.
* 약자가 억울하지만 체념한다.
* 관용 배려 베풂으로 묵인하며 적절하게 피해가며 용서할 것 없이

생활한다.

＊ 용서받거나 용서할 일을 만들지 않는 것이 최고의 용서다.—MC

＊ 용서는 때가 있다. 과거의 상처 잊는 것이 화해 용서의 바탕이다.

　—김동길

＊ 좋았던 일만 기억하는 것이 아름답다.

＊ 용서는 신의 영역이다.

＊ 잘못을 저지른 대로 벌 받는다면 세상에 살아남을 사람 하나도 없다.

어 록(국내외 좋은 글)

국내 : 윤봉길, DJ, 양승남, 인순이, 전희식, 이지함

국외 : 처칠, 기릴데스, 톨스토이, 로빈 윌리암스, 사오올래,
칼 야스퍼스, R. 에리올, 헤즐니트, 노자, 넬슨 만델라,
키에르 케고르, P. 크래인

〈국내 어록〉

□ 윤봉길 의사

* 나는 왜 사는가?
  이상을 이루기 위해 산다.
  만약 너에게 피와 뼈가 있다면 나라에 바쳐라.─아들에게
* 생각은 행동을 낳고, 행동은 습관을 낳고, 습관은 성격을 낳고, 성격은 운명을 낳는다.
* 젊은이여 실패 두려워 말고 도전하라.
* 지식은 깨진 항아리다.

□ DJ 잠언집에서

* 불운을 만났을 때─사람은 살면서 불운이나 난관에 부딪힐 수 있다. 그런 때가 오면 결코 당황하거나 서두르지 말고 시련의 태풍이 지나가기를 기다려야 한다. 다만 다시 때가 왔을 때를 위해 노력과 준비를 게을리 해서는 안 된다.
* 좋은 벗을 얻기 위해서는 쓸모없는 사람은 찾아오지만 좋은 벗은 내가 찾아가서 사귀어야 한다.
* 논리와 경험 그 어느 것 하나도 논리와 검증을 거치지 않은 경험은 잡담이며, 경험의 검증을 거치지 않은 논리는 공론이다.
* 반성하라 그리고 회개하라.─내가 날마다 영적으로 도덕적으로 지적으로 건강상으로 발전하고 있는지 반성 회개하고 노력하자. 회

개 없는 발전도 발전 없는 회개도 다 같이 부족한 것이다.

□ 양승남 교수

* 정치는 말로 시작해서 행동으로 옮기는 것이다.
* 고립의 정치, 공감의 정치―정치는 타인을 포용하고 한계를 초월해야 한다. 그래야 공감지대를 창출할 수 있다.―구혜영 경향 정치부장
* 빈계사신(牝鷄司晨)―암탉이 울면 집안이 망한다.
* 역사에 만약은 없다.
* 인생은 우리가 산다고 하는 그것이 아니라 산다는 상징이다.
* 칭찬은 독이 된다.
* 아름다운 인연을 소유하려고 하지 마라.
* 인간은 이기적이다. 나쁜 기억이 좋은 기억을 덮는다.
* 가난하게 태어난 것은 죄이지만 가난하게 죽는 건은 죄가 된다.
* 모든 여자는 칭찬받기 위해 존재한다.
* 너그러운 마음씨는 사나운 혀를 고쳐준다.
* 걸림돌이 바로 디딤돌이다.
* 넘치는 것은 부족한 것만 못하다.
* 장애는 불편할 뿐이지 불행한 것은 아니다.
* 아버지는 울타리로 어머니는 품으로 자식을 지켜준다.
* 친구는 내가 선택한 또 하나의 가족이다.
* 하늘은 견딜 수 있을 만큼 시간을 준다.
* 포기하지 않고 도전하는 것이 성공의 지름길이다.―KBS 퀴즈
* 물 흐르듯이 세상에 베풀고 살겠다.― KBS 아침마당 출연자

* 바라는 것 없이 바라보는 것이 자연이다.—MBN 자연인

* 미소보다 밝고 환한 꽃은 없다.

☐ 기회는 준비된 자에게

* 우리는 우연과 같은 필연으로 인연을 맺는다.

* 좋은 인연이란 시작이 좋은 인연이 아닌 끝이 좋은 인연이다.

* 자식이 공부 잘하면 내 자식이 아닌 남의 자식이 된다.

* 말의 완성은 행동이다.

* 세상에 가장 파괴적인 단어가 내일이라는 단어이다. 오늘에 만족하
  고 최선을 다하여라.

* 비바람이 지나면 반드시 무지개가 뜬다.—차동엽 신부

* 이제부터 너를 위해 살아봐! 백년 천년 사는 것도 아닌데…

* 기회는 준비된 자에게만 온다.

* 우리는 멀리 있어도 가슴으로 가까운 사람이 되어라.

* 백만장자가 되려면 백만장자처럼 행동하라.

* 삶은 우리가 진정으로 원하는 것만을 우리에게 준다.

* 젊은이여! 실패 두려워말고 도전하라.

* '미안해'—마음을 넓고 깊게 해주는 말.

* 고마워—겸손한 인격의 탑을 쌓는 말

* 사랑해—날마다 새롭고 감미로운 말

* 잘했어—사람을 사람답게 자리 잡아 주는 말

* 내가 잘못했어—화해와 평화를 이루는 말

* 우리는—모든 걸 덮어 하나 되게 해주는 말

* 친구여―세상에서 가장 귀한 보배로운 말
* 네 생각은 어때―봄비처럼 사람을 쑥쑥 키워주는 말
* 우리―제일 중요한 두 글자
* 사랑합니다―마음과 마음 사이를 연결시켜 주는 말
* 언제까지나―어느 누군가에게 내일이라는 행복을 줄 수 있는 말

□ 무소유의 삶과 침묵 중에서

* 이 세상에서 영원한 것은 아무것도 없다. 어떤 어려운 일도 어떤 즐거운 일도 영원하지 않다. 모두 한때이다. 우리 인생에서 참으로 소중한 것은 어떤 사회적인 지위나 신분 소유물이 아니다. 우리들 자신이 누구인지를 아는 일이다.
* 권력은 '부자' 사이에서도 나누지 못한다.
* 이것 역시 곧 지나가리라. 꿈을 품으라. 성취를 믿으라!
* 멈출 때를 아는 것은 지도자의 덕목이다.
* 자연은 인생의 나의 마지막 벗이다.―MBN 자연인
* 탁족은 발만 씻는 것이 아니라 그간의 찌든 마음을 씻는 것이다.
* 역사에도 법이 있듯이 사내가 결별하면 뒤돌아보지 마라.
* 가장 적합한 때 가장 적합한 생각―우리는 전진해야 할 때 주저하지 말며, 인내해야 할 때 초조해하지 말며, 후회해야 할 때 낙심하지 말아야 한다.
* 알아야 할 이유와 의미―사람은 참아야 할 분명한 이유와 의미를 가지고 있으며 결코 고통 때문에 포기하지 않는다고 말하고 싶다.
* 모든 덕 중 최고의 덕은 용기―용기란 바른 일을 위해 결속적으로

노력하고 투쟁하는 힘이다. 용기만이 공포와 유혹과 나태를 물리칠 수 있다.

* 인생이란? 어떤 의미에서는 자기 자신의 토론과 설득과 결심의 일생이며 새 출발을 거듭하는 일생이다.

☐ 가수 인순이

* 부친 얼굴도 모르지만 그럼에도 불구하고 세상에 태어나게 해주어 고맙습니다. —미 카네기공연 '아버지노래'
* 한국에 나 같은 자식 두었더라도 내려놓으십시오!
* 저는 아버지에 대한 기억이 없습니다. 그렇지만 원망하지 않습니다.

☐ 전희식 가을 상념 / 「아름다운 후퇴」 저자

* 권력은 늘 스스로 강화한다. 망가질 때까지 경계할 일이다. 돈이건 지위건 생각이건 그것이 권력화되지 않도록 주시할 일이다.
* 행복과 불행, 성공과 실패의 열쇠는 우리가 평소 던지는 말 한마디에 달려 있다.
* 사람은 혀에 죽음과 삶이 달려 있으니 혀를 사랑하는 자는 그 열매를 먹는다. —성경

☐ 이지함의 토정집 —네 가지 소원

1. 안으로는 신령스러움과 강함을 원하고 밖으로는 부와 귀를 원한다.

2. 귀함에는 벼슬하지 않음보다 더 귀함이 없고 부함에는 욕심내지 않음보다 더 부함이 없으며

3. 강함에는 다투지 않음보다 더 강함이 없고 신령함에는 알지 못함보다 더 신령함이 없다.

4. 싸우지 않고 이기는 것이 진정으로 이기는 것이다.

□ 나 자신에 대한 가장 큰 스승은 나 자신이다 —CBS, R

* 무심코 들은 비난의 말 한마디가 잠 못 이루게 하고 정 담아 들려주는 칭찬의 말 한마디가 하루를 기쁘게 한다.
* 굽은 소나무가 선산을 지키기도 한다.
* 남의 잘못에 손가락질 하지마라. 그래야 내가 잘못할 때 손가락질 받지 않는다. —KBS 라디오
* 인생이란 악보에 쉼표가 반드시 필요하다. 이것이 명품인생의 조건.
* 새로운 세상을 보여주는 것보다 좋은 선물은 없다.
* 남자가 독재를 하면 정권이 망하지만 여자가 독재하면 가계가 망한다.
* 마릴린 먼로도 오직 향수를 입고 잔다.
* 삶이란 문이 닫히면 또 다른 문을 열어라.

□ 유창수 교수

* 다른 사람을 행복하게 만들어주는 사람이 되어라.

* 취미란 좋아하는 일을 하고 잘 하는 일을 하는 것이다.
* 달걀을 스스로 깨고 나오면 병아리가 되지만 남이 깨서 나오면 프라이가 된다.
* 부귀는 뜬 구름과 같고 명예는 흘러가는 물과 같다.
* 성공의 반대는 실패가 아니라 포기이다.
* 멈추고 싶어도 멈추지 못하는 것이 겨울철 운전이다.─교통캐스터
* 산다는 것은 새로운 시작의 연속이다.
* 쇠보다 단단하고 쇳물보다 뜨거운 것, 이것이 장인정신이다.
* 기쁨과 노여움은 마음속에 있으므로 입에서 나오는 말은 신중해야!

□ 법화경

* 녹은 쇠에서 생기지만 차차 그 쇠를 먹어버린다. 이와 마찬가지로 마음이 옳지 못하면 그 마음이 사람을 먹어버린다.

〈해외 어록〉

□ 윈스턴 처칠

* 나는 결코 실패하지 않는다는 자신감─단호한 결의
* 성공하기 위해서는 실패를 받아들여야 한다.
* 완벽한 준비를 위한 다섯 가지
  ① 충분한 준비

② 희망과 자신감

③ 실패를 극복할 수 있다는 의지

④ 실패했을 때 원인을 찾아 전력을 다 하는 계획

⑤ 도움을 받는 사람보다는 도움을 주는 사람

* 옥스퍼드대학에서 – NEVER NEVER NEVER GIVE UP!
* 의회에서
  · 피와 흙과 눈물과 땀 이외에는 국민에게 줄 것이 없다. –2차대전시
  · 국기를 내리고 항복하는 일은 결코 없을 것이다. –승리 영웅
* 비관론자는 매번 기회가 찾아와도 고난을 본다. 그러나 낙관론자는 매번 고난이 찾아와도 기회를 본다.

□ 리카르도 기랄데스 아르헨티나 작가

* 젊은 시절에는 삶이 바위 사이를 흐르는 급류와 같지만 어른이 되면 인생이 느리게 흐른다.

□ 톨스토이

* 너는 그르고 나는 옳다고 말하는 것은 사람이 사람에게 말할 수 있는 말 중에서 가장 잔인한 말이다.
* 사랑을 함으로써 사람들은 단결하고 하나가 된다. 또한 사람 각자에게 있는 보편적인 지성이 연합을 뒷받침해 줄 것이다.
* 모두가 세상을 바꾸겠다고 하지만 스스로 변화하겠다고 하는 사람

은 없다.─신기남 자서전에서

* 톨스토이 참회록에서─김철규 박사 저『살며 생각하며』중에서
  ① 초년의 삶은 가진 자가 되기 위한 준비단계로 공부하는 단계
  ② 중년의 삶은 직업을 갖기 위한 준비단계
  ③ 말년인 노년 삶은 그동안 쌓아온 가진 것을 나누고 베풀면서
    인생을 정리하는 단계
* 행복이란?
  행복은 자기와 가장 가까이 있는데 사람들은 멀리서 찾으려고 애
  쓴다.

□ 세상에서 가장 중요한 세 가지

① 가장 중요한 시간은 현재이고
② 가장 중요한 사람은 지금 내가 대하고 있는 사람
③ 가장 중요한 일은 지금 내 곁에 있는 사람에게 '선'을 행하고
  있는 일이다. 인간은 그것을 위해서 세상에 온 것이다.

* 날마다 삶속에서 기억되고 지켜야 함에도 불구하고 잊고 사는 시
  간, 사람, 일의 개념을 명쾌하게 정리해 놓은 훌륭한 삶의 지침서가
  아닐까 생각한다.(김철규 박사)

□ 로빈 윌리엄스 미 연기파배우 '굿 윌 헌팅' 등 장르 안 가리는 연기파

* 그는 다른 사람을 웃길 줄 아는 사람이고 진정으로 돌본 사람이

었다.

* 뉴욕 타임스―코미디언 한명은 보통 두뇌파나 바보 연기자 중 하나로 기억되기 마련이나 고정 관념을 깬 연기자다.

□ 사오유에

* 자신을 폐쇄하면 비바람은 피할 수 있지만 햇빛은 들어오지 않는다. 반대로 마음을 열고 햇빛을 받아들이면 절대로 자기 자신은 폐쇄 되지 않는다.

□ 칼 야스퍼스 ― 악을 대하는 태도(DJ 잠언집에서)

* 공자―선을 선으로 대하고 악은 정의로 대하라.
* 부처―인내와 자비로 악을 대하라.
* 소크라테스―악을 악으로 대하면 정의가 아니다.
* 예수―원수를 용서하고 그를 사랑하며 그를 위해 기도하라.

□ 로버트 엘리엇 ― 피할 수 없으면 즐겨라

* 넬슨 만델라―인생의 가장 큰 영광은 결코 넘어지지 않는데 있는 것이 아니라 넘어져 실패 때마다 일어서는 데 있다.
* 키에로 케고르―동등하지 않은 관계를 동등하게 만드는 것은 사랑 밖에 없다.
* 노자―모든 일에 예방이 최선의 방책이다. 없앨 것은 작을 때 미리

없애고 버릴 것은 무거워지기 전에 빨리 버려라.
* 러시아 속담—공짜 치즈는 쥐덫에만 놓여 있다.
* 알베로니—새로운 것을 보는 것만이 중요한 것이 아니다. 모든 것을 새로운 눈으로 보는 것이 중요하다.

□ 프랭크 크레인

* 가장 큰 실수는 포기해 버리는 것이다.
* 가장 어리석은 일은 남의 결점만 찾아내는 것이다.
* 가장 심각한 파산은 의욕을 상실한 텅 빈 영혼이다.
* 가장 나쁜 감정은 질투 그리고 가장 좋은 선물은 용서이다.

□ 헤즐니트

* 정직한 사람은 모욕을 주는 결과가 되더라도 진실을 말하며, 잘난 체하는 사람은 모욕을 주기 위해 진실을 말한다.

□ 프루드

* 미련한 자는 자기의 경험을 통해서만 알려고 하고, 지혜로운 자는 남의 경험도 자기의 경험으로 여긴다.

□ 링컨 실패 때마다 목표를 높이 잡음

① 주 의원에 실패 후 연방의원에
② 연방의원 실패 후 상원의원에
③ 상원의원에 실패하고 부통령에
④ 부통령에 실패하고 대통령에 출마하여 마침내 대통령에 당선

□ 로버트 슬러

* 성공한 사람의 등 뒤에는 알지 못하는 수많은 상처가 있다.
* 세상에는 공짜가 없다. 실패도 성공의 값을 치르고 있다고 생각
  하라.
* 더 많은 실패가 더 값진 성공을 가져온다.
* 사람은 행복하기도 마음먹은 만큼 행복하다.
* 더는 갈 곳이 없다는 엄청난 거짓확신이 쉼 없이 밀려왔다. 그때마
  다 내 지혜는 아직 때가 되지 않았다고 말했다.

문 학(시인, 수필가, 소설가)

윤동주, 이석우, 김기명, 이희선, 하상옥, 모윤숙, 박노해
남정혜, 이문열, 권혁웅, 김형중, 조길현, 김진명

□ 시란 무엇인가?

* 시는 가장 행복하고 가장 선한 마음의 가장 선하고 행복한 순간의 기록

□ 운동주 시인 남을 헐뜯는 말을 입 밖에 내지 않는 시인이었다.

서 시 (초판본 1948년 출)

죽는 날까지 하늘을 우러러
한 점 부끄럼이 없기를
잎새에 이는 바람에도
나는 괴로워했다.
별을 노래하는 마음으로
모든 죽어가는 것을 사랑해야지.
그리고 나한테 주어진 길을
걸어가야겠다.
오늘밤에도 별이 바람에
스치운다.

* 시대의 아침을 기다리며 하늘과 바람과 별을 노래
* 깨끗한 영혼
* 운동주 시인 노래, 희망, 자유, 평화, 사랑, 위로, 격려를 전하고 싶은 시인

별 헤는 밤

별 하나에 추억과/ 별 하나에 사랑과/ 별 하나에 쓸쓸함과
별 하나에 동경과/ 별 하나에 시와/ 별 하나에 어머니, 어머니
어머님, 나는 별 하나에 아름다운 말 한마디씩 불러봅니다.

□ 고 **이석우** 강서구 겸제기념관장

＊ 그림은 보이는 시이고 시는 보이지 않는 그림이다.

복수초 / 김 기 명

눈 속에서 아스라니 들리는 복수초의 숨소리
한고의 꼭지에서 봄을 청첩하는
소한 추위 언 가슴 한발 부드럽게 감싸는
소문처럼 단아함을 닮고 싶은 저 청초함.
　－『소와 미루나무』 시집에서

징검돌 / 이 희 선

사람이 얼마를 참고/ 물살에 견뎌야
실개천을 건너는/ 징검돌이라도 될까

내 등 기대라고/ 말 열어 본 적 있었던가

돌 앞에선/ 돌대가리란 말/ 무디다는 말 하지마라

건널 사람 발밑 너붓이 엎드려/ 징검돌이 되어주는
그가, 돌을 깨운다/ 나를 깨운다.

하상옥 단편시

알콩 달콩 사는 게
이런 게 아냐?
이것이 시냐?
 ― 윤석이 글 중에서

시인은 아웃사이더 / 전윤호 시인

본래 시인은 아웃사이더이고 불법 체류자이다. 이 세상은 시인을
잡아둘 올가미가 없다. 모든 사람들이 다 이 세상에서 버티기 위해 노
력할 때 나는 떠난다.……

국군은 죽어서 말한다 / 모 윤 숙

나는 죽었노라, 스물다섯 젊은 나이에
대한민국의 아들로 나는 숨을 마치었노라.
질식하는 구름과 바람이 미쳐 날뛰는
조국의 산맥을 지키다가

드디어 드디어 나는 숨지었노라.

조국이여! 동포여! 내 사랑하는 소녀여!
나는 그대들의 행복을 위해 간다.
내가 못 이룬 소원, 물리치지 못한 원수,
나를 위해 내 청춘을 위해 물리쳐다오.

조국을 위해선 이 몸이 숨길 무덤도
내 시체를 담을 작은 관도 사양하노라.
오래지 않아 거친 바람이 내 몸을 쓸어가고
저 땅의 벌레들이 내 몸을 즐겨 뜯어가도

나는 즐거이 아들과 함께 벗이 되어
행복해질 조국을 기다리며
이 골짜기 내나라 땅에
한줌 흙이 되기 소원이노라!

나 거기 서 있다 / 박 노 해

몸의 중심은 심장이 아니다
몸이 아플 때 아픈 곳이 중심이 된다

가족의 중심은 아빠가 아니다
아픈 사람이 가족의 중심이 된다

떠나보낸 사람들 / 구 정 은

내 몸과 가족뿐 아니라 사회와 세계도 마찬가지다.
아픈 곳이 가장 중심이고, 그 아픔의 핵심에 죽음이 있다.
아픔이 세상을 고민하게 하고,
죽음이 삶을 다시 바라보게 만든다는 것을 가르쳐준 한 해였다.
결국 세상을 변화시키는 것은
산 자와 죽은 자의 약속이다.

— 경향, 12. 5. 구정은 차장

시인의 행복 / 남 정 혜

시인은 행복하다…
머리에 자음모음 없고,
눈에 자음모음 없고, 가슴에 자음모음 없고

생물, 무생물 불러 모아
자연과 인간의 주춧돌위에 언어를 갈고 세운다.

시인은 행복하다.
꽃도 애원하고 나비도 애원하고 티끌하나 먼지마저 매달려

한 식구 해달라고 하얀 자리에
행복 엉켜 안기는 자식 많은 모음, 시의 어머니는 행복하다.

—시집 『굴비에게 인사하다』에서

□ 정종명 한국문인협회 이사장

* 돈이 최고인 시대, 문학이 살아야 인성사회 살아난다.
* 행복한 삶 위해서 문화는 필수, 문학은 인간을 이해하는 좋은 통로.
* 노벨상 포기 못해, 중국, 일본도 받는데 우린 왜 못 받나.
* 선진국과 어깨 겨루려면 훌륭한 번역가 양성 시급하다.
* 글 쓰는 사람 많을수록 나라 품격도 같이 높아져.
* 문인은 태생적으로 진보, 차이는 대북 인식.
* 페이스북은 세상과 소통위해 필요하다.
* 이외수 ─ 너무 트위터 몰두한다.
* 이문열 ─ 젊어서부터 큰 작가 풍모
* 정 이사장은 인생을 다시 산다면 절대로 취직 않을 것, 죽든 살든 글 만 쓸 것입니다. 그렇게 목숨 걸고 글을 써야 좋은 작품이 나오지요.

□ 진성태 소설가

* 정치 민감해도 정치적이지 않고 소설에 그리는 현실 안에서 소시민 문제에 행동하는 작가다.
* 그의 소설 속 우리의 풍경에 화나다, 눈물짓다, 웃는다, 독자의 감 정까지 조절한다.
* 야구광인 내게도 변치 않는 소설, 3할 타자들이 있다. 그들 책 중 실 망해 본적이 없는 4할 타자 진성태다.

─ 백가흠 소설가, 백다흠 은행나무 편집자

□ 이문열 소설가

* 겁먹은 허수만 남았다. 말없는 다수는 사라지고 그 거리엔 겁먹은 허수만 남았다. 촛불시위 때 언론보도가 한쪽으로만 쏠려 잘 했다면서 큰일 났다는 반응으로 한쪽으로만 쏠리더라.
* 권위주의 정권에서 공통의식을 갖지 못한 사회는 안정성이 떨어졌다. 우리가 지켜야 할 가치는 무엇인가? 무엇을 위해 건국했는지를 가르치는 제대로 된 교육이 이루어지지 못했다.
* 지금이야말로 국민형성 운동이 추진되어야 할 시기이다.

□ 권혁웅 시인, 고려대 국문과
그의 문학적 변신은 끝이 없다

* 사람들을 이롭게만 하는 변신법을 숨기고 있다.
* 시인이나 평론가가 아닌 좋은 선생으로 살고 싶다.
* 이미지는 반듯하지만 종종 술로 허물어지기도 한다.
* 그와 친해지는 방법은 아주 간단하다. 상식적이면 된다.

(황금나무아래서 미래파 미당문학상)

□ 김형중 평론가(전남대)

* 그에게는 진심과 연민이 그득한 자신만의 시선이 있다. 세계에 대해, 인물에 대해 그에게만 있는 눈이 있다. 무엇보다 그는 처음부터 지금까지 변함없는 사람이다.

인 생

천당이고 지옥이고 종교에서 말하는 주장일 뿐
소멸하면 다시는 올 수 없는 것
그러나 인생은 소중함의 극치이다.
봄은 오래 머물지 않는다.
인고의 고초가 지나간 자리에 씨앗을 심고
아름다움을 만드는 처음이기에 그러하다.

인생도 그러하다.
마음이 머물 때 원하는 둥지를 가슴에 틀고 사랑의 터를 만들고
인생을 가꾸는 일을 하라.
그것이 인생이다.
사랑이 노래할 수 있도록

* 인연은 잡는 자의 몫이다.
* 티끌은 태산의 효시다. 한 방울 한 방울 떨어지는 낙수가 바위를 뚫
  는 것이 자연의 이치다.
* 가을이 아름다운 것은 씨앗이 씨앗을 채우는 스스로 나를 만들어가
  는 계절이기 때문이다.
* 세월은 그 자리에 있는 것이고 다만 그 속에서 오가는 것은 시간
  이다.

* 사랑은 신이 주고 간 최고의 걸작이며 영원한 로맨스이다.

   □ **김진명** 소설가, 『명성황후』, 『무궁화 꽃이 피었습니다』 저자

* 예조 보고서 : 명성황후 발가벗기고 ○○ 검사하였다.
  (최근 명성황후 관련 서류발견)
* 명성황후는 칼로 상처내고 기름 뿌려 소사 시키고 능욕함–TVN

   □ **이철환** 작가

* '나는 도저히 이해할 수 없다' 라는 말 함부로 쓰지 마라.
* 나만의 나를 위로할 사람은 나뿐이다.
* 소통의 부재는 서로 위로가 없기 때문이다.
* 배려와 위로만이 상대를 이해한다.

바다가 보고 싶었습니다 / 용 해 원

  늘 고정되어 있는 듯한 삶이 힘겨워
  거침없이 밀려오는 파도를
  한없이 바라보고 싶었습니다.

   □ **임의진** 시인, 목사(담양 거주)

* 담양에 살다보니 광양, 단양, 밀양, 양양, 영양, 정양, 함양… 이런
  곳이 마치 이웃동네 같다. 겨레의 한 고향 평양.

* 스님은 계를 받는다 하고, 천주교 사제는 서품을 받는데, 개신교 목
사는 안수를 받는다.

* 선한 양치기를 만나기 힘든 시절, 문제는 깨어있지 못한 우매한 양
들에 있다.
—시대의 선한 양치기 프란치스코 교황 방한을 환영하면서(8. 7)

* 문학을 통한 치유프로젝트, 나를 돌아보는 여덟 개의 방, 작가, 철
학자 상담, 공동 진행, 독서, 글쓰기, 언어, 선물하기 등 —공동체 체험
통해 성찰과 위로

* 문학을 통한 치유프로젝트(김소연, 심보선, 진은영, 오은 시인 등 참여)
  · 삶의 기록—사랑, 놀이, 우정, 청춘, 공간, 유년, 유한한 삶 등
  주제를 다룬다.
  · 문학은 사람들에게 다양한 삶의 지향점과 태도를 보여주고 위안
  을 전하는 매개이다.

* 사랑은 이별을 동반한다. 그래서 사랑은 아프면서 아름답다. 지루
하고 지난한 관계는 밍밍한 물이나 다름없겠지. 몸은 떠나지만 언약
은 남고 세월이 아무리 흘러간대도 언약은 영원토록 변함없으라.

* 빨리 빨리를 싸게 싸게, 천천히 하라는 싸묵싸묵 하라이다.

* 오래된 인연들 버리지 마라. 새로 사귄 친구는 옛 친구만 못하다.
새 친구도 오래되어야 제 맛이 우러난다. 오래될 미래를 사랑하라!

□ 이외수 소설가
자유의 연금술사, 청춘불패 성명의 전령사

* 그대 인생에도 역전의 드라마가 준비되어 있다.

* 누구도 자신도 모르는 사이 골병이 드는 세상, 욕심을 줄이는 수행이 근심을 줄이는 수행이고 당신이 멈추면 시간도 멈추나니 단지 거저먹을 생각만 안 하면 된다. 나아가 남까지 행복해질 수 있어야만 완전한 성공이다.

□ **김성암** 전 강서문화원 사무국장

고향 사계

덕봉산과 망뫼산을 품고
능산도 장병도 신도들과 일가를 이룬 채
영겁의 세월을 보내온 섬 '하의도'

수려함도, 넉넉하지도 않지만 인정은 넘치고
마음씨 고운 사람들이 덕봉산 자리에 터를 잡으니
큰 마을 대리라 불리웠다

겨울철 농한기를 맞아 마을엔 인적이 드문데
매서운 찬바람만이 돌담길 끼고 돌며
이집 저집 기웃거리고 있었다

군불 지피운 사랑방에 모여 도란도란 얘기 나누다보면
짧은 겨울 해는 저물고
어디선가 들려오는 다듬이질 소리는

애잔한 음률이 되어 앞샘거리와 진개샛을 지나
선창물까지 울려 퍼지며 밤에 적막을 깨뜨리고
멀리서 들려오는 부엉이 울음소리와 함께
겨울밤은 깊어가고 있었다
초가지붕 추녀 끝에 고드름이 녹아내릴 즈음

남녘의 봄소식은
기쁜 숨 몰아쉬며 부내기 잔등을 넘어와 마을에 자리하면
들녘은 녹색물감 풀어놓은 듯 푸르름으로 변하고
바람 곁에 누웠다 일어나기를 거듭하는

보리밭 둑에서 빼비 뽑아
그 부드럽고 달콤한 맛에 빠져있을 때
집앞 논두렁에서 '기종' 이 원뚜기 낚는 소리
파묻되어 번진다. 원뚜기 버바 원뚜기 버바

도서지방에서 보기 드물게
활엽수가 군락을 이룬 덕봉산에서
매미들이 목청 높여 여름을 노래할 때

안산 기슭에서 '양흠' 이는
발정난 암소 쫓아 날뛰는 뿌락지 쇠꼬리에 매달려
질질 끌려 다니며 진땀 흘릴 때
땅머리 바다에서 '성호' 는 어설픈 개헤엄으로

짠물 마셔가며 여름 더위를 식히고 있었다

일 나간 빈집 고추잠자리 한 마리 마당을 빙빙 선회하다
바지랑대 끝에서 잠시 쉬다 어디론가 날아가면
덕석위에 어지럽게 널린 고추만이 더욱 붉게 타고 있었다

하루를 밝혔던 해도
능산 송곳산 뒤로 몸을 숨기면
마을엔 어둠이 내려앉고
가을걷이 끝난 콩밭에서 새끼줄로 엮어 만든 공으로
축구 차기에 밤 깊은 줄 모르다
집으로 돌아가는 길에 잠시 하늘을 보니
은하수는 덕봉산에서
망뫼산 위로 흐르고 있었다.

* 작가는 성균관대 법대 졸업, 기술신용보증사 감사 역임.

방송, 연예, 유머

백남준, 노무현, 하재근, 신기남
윤재규, 진모영, 이경규, 법륜

〈방송, 연예가〉

□ 영화 '변호사'에서

* 대한민국 주권은 국민에 있고 모든 권력은 국민으로부터 나온다.
* 우리는… 나는… 지금 잘살고 있는가?
* 우리사회가 보다 나은 방향으로 가야 하는데 무언가 해야 하는 것 아닌가?
* 힘은 진실에서 나온다.
* 영화는 영화인데 눈물이 나온다.
* 586세대들에겐 생활이 묻어버린 열정을 일깨우고 젊은 세대들에겐 헌법 제1조를 되새기게 했다.

□ 백남준 텔레비전 연출가

* 동서막론 TV는 독재자의 기관이다.
* 말대꾸하는 게 민주주의다. TV는 말대꾸를 못한다.
* 독재자의 자식들— '독재자'로 분류되는 이들의 자식들에게는 돈 보다 강력한 무언가가 작용한다. 아버지를 부정해도, 설령 긍정한다 해도 그들은 결국 아버지의 그늘에 갇혀 자신의 삶을 살아내지 못한다.
* 결국 현대의 왕자와 공주는 개인의 불행이요, 사회의 재앙일 수밖에 없다.(소설가 김별아)
* 읽고 또 읽고 또 읽다가 쓰고 또 쓰고 또 쓴다.

□ 노무현 8. 5. 경향 상록수 1면 광고에서

* 누구든 나의 충직한 머슴을 죽였다면 내게 이실직고하라.
* 상록수―깨끗한 영혼과 진실의 부활

□ 영화 '명량해전'

* 관객 기록동원 : 개봉 2일 동안 70만 명
　· 권위주의적 현실반영
　· 이순신의 고뇌하는 인간적 리더십에 매료
　· 서스펜스적 요소 가미.
* 현재의 막막하고 답답한 현실을 살아가는 사람들과 동 떨어져 있
　다.(권위주의적 현실 결단이) 영화 속 현실에 더 몰입하게 되는 것이다.

□ 왕가네 식구들 KBS TV 주말극

* 100세까지는 나이를 썼는데 그 후론 까먹었다.
* 이렇게 늙어보니 부귀영화 아무 소용없더라.
* 왜 아등바등 살았는지 모르겠네, 내려놓고 살걸.
* 인생은 결과가 중요한 것이 아니라 걸어가는 발걸음 하나하나가 중
　요하다.
* 병원 장례식장이 100세 시대 맞아 다 망해서 굶어 죽었다 하더라.
* 꿈을 이루진 못했지만 꿈을 이루기 위해 노력해온 동안은 행복했다.

□ **미생** TVN 연속극 — 하재근 평론가(연합뉴스)

* 현재 직장인들의 불안감을 그려 적중, 미 취업, 정리해고, 명퇴 등
  불안시대, 불안 공감 집약으로 전 연령층에 공감.
* 높은 싱크로 율이 생활연기, 돋보인 연기였다.
* 직장인 활동모습 리얼하게 표현(직장에서의 태도, 고민)

□ **영화 '사랑 후에 남겨진 것들'** — 신기남 국회의원

* 난 시간이 아직 많이 남아있는 줄 알았다. — 사망한 아내한테
  · 나에게 남겨진 시간은 결코 많지 않다.
  · 위험을 두려워하는 타부를 깨고 위험을 극복할 때 새로운 경지
    가 전개된다.
* 영화는 현대라는 시대가 창출한 최상의 종합 예술이다. — 신기남

□ **영화 '국제시장'** — 윤재균 감독(JTBC, 대담 손석희 앵커, 2015. 1. 7)

* 아버지 세대 역사담은 아버지 이야기.
  아버지가 되어보니 아빠에 대한 연민의 정이 나더라. 소통과 화합
  을 전하고자 하는 마음으로 영화 제작했다. 갈등으로 투영되어 갈
  등을 했다.
* 영화 평론가 : 의도된 표현, 독자만이 판단한다.
* 영화감독 : 소통, 정치적 사회적 역사적 사실을 표현하려 노력.
* 아버지의 감사로 만든 영화다. 아버지에 대한 소망을…

* 민주화 역사 빠진 현대사 왜 부담되었다. 끼워 넣기식 통치시대 위험시 되어야!
* 삼대가 살아온 가족이야기로 하고 싶어 민감한 내용은 뺐다.
* 개봉 후 의도와 달리 해석이 달라 비판, 비평 받는 것은 당연하다.
* 정치적 의도보다는 순수한 마음으로 부부 싸움하다가 국기에 대한 경례.
* 영화 '변호인' 은 의도가 있었는데 해석하는 사람 따라 다르게 해석되었다.
* 좌파는 '변호인', 우파는 '국제시장', 흑백 논리로 보아주지 않으면 한다.
* 부부 싸움하다가 국기 게양식보고 국기에 대한 경례, 해석과 의도에 따라 해석될 수 있다.
* 전쟁에 나가는 남편과 부부싸움, 부부 갈등 자연스럽게 표현.

● **국제시장 마무리하고···**
  - 60~70년대 산업화, 경제화 시대.
  - 80년대 이후 민주화시대 생각하고 있다. - 영화제작 구상 중

□ **세대별 느낌은**

* 20대 : 앞 세대에 감사하는 마음.
* 30대 : 어머니가 떠올라 눈물 흘렸다.
* 40대 : 아버지를 이해하는 계기가 되었다.
* 50대 : 정치논쟁 떠나 재미있는 영화.

* 60대 : 우리세대 살아온 모습 보여주었다.
* 70대 : 폐허의 그때 생각나 뭉클했다.

□ 영화 '님아 그 강을 건너지 마오' 2014. 12. 14 YTN

PD 진모영 총 감독 토크

* 죽음을 넘어선 노부부의 사랑을 담았다.
* 사랑이란 무엇인가? 사랑이란 나도 모른다. 거대하고 강한 이벤트 라기보다 오랜 세월 쌓인 습관, 배려이다. ─진모영 감독
* 일상의 즐거움 노리는 노부부 모습 인상적
* 다른 사람에겐 일상적이었지만 노부부에겐 즐거움이었고 꽃과 같 은 인상을 주었다.
* 일상처럼 습관처럼 배어있는 모습이 즐거움이었다.
* 노부부의 사랑에 매료되어 영화제작 결심.
* 2012년 시작하여 2013년까지 15개월 촬영, 400여 시간 촬영에 1시 간 30분 상영.
* 빠져 아쉬운 장면 : ① 머리 빗겨주는 장면, ② 신발 놓아주는 장면

* **인상적인 장면들**
    * 촬영 중 할아버지 초상 치루는 장면, 죽음 앞둔 할아버지 옷 태 우는 장면, 먼저 가서 좋은 곳 잡아놓고 나를 데리러 오라(사랑의 과정). 노부부의 때 묻지 않은 사랑
    * 한여름 군불 태우면서 죽으면 나중에 옷을 다시 입는다.
    * 죽음은 다시 만나는 것, 잃은 자식 다시 만나는 것.

* 세상은 춥고 간극한데 가장 가까이 사는 사람이 행복했으면 한
다.(가족 친구 연인 등)
* 순수한 사랑에 대한 그리움이 젊은 층을 불러들인다.
* 동심, 배려, 애정표현—부부금실의 비결
  · 일상이 재미로 나타났다.
  · 한결같은 배려
  · 14세에 결혼, 19세에 부인이 애정 표현
  · 서로의 고백, 일상의 일들
  · 배우자에 대한 관심, 애정표현이 중요

* **영화제목** '공무도하가'에서 따온 것(고대가요)
  · 할아버지 아플 때 할머니 밖에 나가 강을 쳐다보는 모습,
  · 할머니, 떠나려는 할아버지 건넬 강
  · 먼저간 자식이 건넨 강이라
  · 님아, 그 강 건네제마오로 결정
* 부부들 오늘 마지막이라고 대화하라. 사랑, 표현의 장소, 시간, 가
리지 말고 언제나 하여라.

* **진모영 감독** : 먼저 간 자식 옷 6벌 태우는 것보고 옷이 곧 다음
생으로 연결되는 다리가 되고 내복이 영원한 사랑을 의미한다고
생각하였다. 그것은 소멸이 아니라 새로운 세계로 넘어가는 과정
을 밟아가는 것이기도 하다.

□ 영화 '님아 그 강을 건너지 마오' (JTBC 토크 12. 15)

─진모영 감독 대 손석희 앵커

- **할아버지의 죽음에**
  * 죽음이 비극이 아니라 죽음을 준비하는 사람들이 보여주는 삶의 위대함이다.
  * 가장 가까이 있는 사랑을 묘사한 것에 동감하여 관객동원에 성공한 듯하다.
  * 76년 동안 알콩달콩 살아가는 모습을…
  * 할아버지 가신 후 90평생 처음 극장 구경한 할머니, 촬영 끝내고 헤어질 때 손 흔들어준 모습이 아직도 눈에 선하다.
  * 노부부 사랑에만 초점 맞추었다. 평생 습관처럼 배려의 마음으로 살아온 모습에 컷한, 즉 버린 장면에 미련두지 않았다.
  * 죽음은 사랑의 완성이고 다시 만나자는 약속이었다.
  * 할머니 남은 생애 주위에서 부담주지 않길 바란다. 취재 등
  * 할아버지의 사랑이 할머니의 사랑을 불러 들였다.

    ─조그만 배려에 = 식사, 농담, 장난 등

□ 영화 '님아 그 강을 건너지 마오' (JTBC 토크 12. 15)

- **76년 함께 한 찡한 사랑, 20대가 더 울었다**─12. 16 경향
  * 노인 영화보다 로맨스 영화, 관객 입소문 덕 톡톡히 봐!
  * 죽음까지 넘어선 절절한 LOVE STORY
  * 변치 않는 정과 온기가 옷깃을 여미게, 소소한 일상에서 행복을

* 당신은 예뻐, 잘 생겼어, 말해주는 고백,
* 노부부 사랑이 우리 사랑은 어떤지 묻고 싶다.

□ 영화 '님아 그 강을 건너지 마오' (KBS 라디오 12. 12 대담)

* 건국 이래 처음 독립다큐가 영화로 흥행, 실제 이야기라 감동을 줌.
* 노부부—남편 조병만(98세) 부인 강계월(89세)
* 자식 12명 중 6명 먼저 보낸 삶 이야기
* 촬영 중 할아버지 별세 후 할머니 생활 이야기
  석 달만 더 살아다오—할머니!
* 제작비 : 2억

〈웃음 주는 사람들(개그맨)〉

□ 이경규

* 내가 잘 되어야 하고 나를 위한 인생을 살아야 한다.
* 꿈을 지녀라. 꿈은 이루지 않고 가지고 있는 것이다.
* 나를 벼랑 끝에 세워라. 지혜와 찬스를 얻을 수 있다.
* 성실하여라. 영웅은 태어나는 것이 아니라 만들어지는 것.
* 사랑한다는 이유로 너무 많은 걸 요구하지마라.
* 학교 성적은 꼴등, 생활은 플러스알파이다.
* 인생에 갖출 건 갖추어야 손해를 안 본다. 그래서 예술대 7번째 합

격하고 각종 자격증 땄다.

* 이경규 힐링캠프—법륜 스님과

이경규 : 우리는 왜 태어났나요?

법륜스님 : 이유가 있어서 태어난 것이 아니라 태어났기 때문에 이유가
생긴 거다. 즐겁거나 괴롭거나 하는 건 우리가 선택하는 것
이며 어떻게 살까를 고민해야 한다.

□ 이윤석

* 하고 싶은 뚜렷한 목표를 설정하라.
* 일단 길을 나서라.
* 매사에 당당히 맞서라.
* 부부 문제는 부부에 맡겨라.

□ 윤형빈

* 인생의 쇼는 항상 진행형이다.
* 극에 도달할 때까지 노력해야 한다.
* 인생 포기하지 마라.

□ 김병만(달인)

* 나는 자식에게 '무엇 무엇을 해냈다' 를 보여주기 위해 최선을
다한다.

* 최선을 다하여 배우고 자격을 따고 기능을 배워오고 있다.

□ 노정렬

* 친노, 반노, 비노가 아닌 분노, 진노, 격노할 때다.(민주당 국민보고대회
에서)

□ 헤밍턴(호주 출신)

* 내가 행복하다면 무엇이나 해라. 그것이 행복이다.
* 기회가 돌아오면 무조건 잡아라. 즉 '복 불 복' 이것이 행복이다.
* 도전하여 기회를 잡아라.

□ 김국진─아, 날씨 좋다!

* 착각 이야기─착각이 인생최고의 기회가 된다.
* 나를 흔들고 가는 시련이 성공의 기회가 된다.
* 착각은 항상 존재한다. 좋은 착각 많이 하여라.
* 비, 바람, 꽃, 씨앗, 순환의 착각으로 연결하는 지혜가 필요하다.
* 굽은 길이 안전하다. 도전하여라!

□ 최형만(KBS TV '가족이 부른다' 에서)

* 나갈 때는 빈손, 들어올 때는 겸손으로 들어온다.

* 자신이 가지고 있는 끼와 노력으로 열심히 살아라.
* 신은 모든 곳에 존재하지 않는다.
* 국회의원에겐 쑥떡을 드리고 환자에겐 벌떡을 드려라. 의원들은 쑥 떡쑥떡하지 말고 환자들은 벌떡 일어나라고.
* 장애인은 무엇을 할 수 없는 것이 아니라 다른 방법으로 할 수 있는 일을 찾는다.
* 흘린 땀은 거짓말을 하지 않는다.
* 작은 돈으로 봉사의 성을 쌓다보면 세상에서 가장 위대한 정성이 된다.(8. 3)
* 인생의 삼겹살은 열정, 꿈, 땀이다.
* 아침의 애교는 보약보다 낫다.
* 열심보다 더 우선인 것은 초심이다.
* 세계적인 가스는 도시가스이다.
* 쓰리 고는 힘쓰고, 버리고, 누리고이다.

불 교

법정, 법흥, 덕조

□ 법정 스님 1932년 태어나 2010년 입적

• 무소유란?

아무것도 갖지 않는 것이 아니라 불필요한 것을 갖지 않는다는 것이다. 무소유의 진정한 의미를 이해할 때 우리는 보다 홀가분한 삶을 이룰 수가 있다.

□ 법정 스님의 말씀

* 지혜는 자기 형성의 길이며 자비는 이웃을 위한 길이다. 우리가 선택한 맑은 가난은 넘치는 부보다 훨씬 값지고 고귀한 것이다. 이것은 소극적인 생활태도가 아니라 지혜로운 삶의 선택이다.
* 빈방에 홀로 앉아 있으면 모든 것이 충만하고 넉넉하다. 텅 비어 있기 때문에 가득 찼을 때보다 오히려 더 충만하다.—텅빈 충만
* 내가 아끼는 물건은 살아서 남에게 주어라. 그 물건을 쓰던 사람이 죽으면 물건도 죽는다.
* 이 세상에서 고정불변한 채 영원히 지속되는 것은 아무것도 없다.
* 우리가 겪는 온갖 고통과 그 고통을 이겨내기 위한 의지적인 노력은 다른 한편 이 다음에 새로운 열매가 될 것이다.
* 이 어려움을 어떤 방법으로 극복하는지에 따라 미래의 우리 모습은 결정된다.
* 내 정신이 깨어 있어야 한다. 깨어있는 사람만이 자기 몫의 삶을 제대로 살 수 있다. 자기분수를 헤아려 거듭거듭 삶의 질을 높여갈 수

있다.

□ 만남이란 분신을 만나는 것

만남은 서로 인연이 와야 이루어진다고 '선가'에서는 말한다. 만남
이란 일종의 자기 분신을 만나는 것이다. 종교적인 생각이나 빛깔을
넘어서 마음과 마음이 접촉될 때 하나의 마음이 이루어진다.

여보게 부처를 찾는가? / 법 정

여보게 친구!
산에 오르면 절이 있고
절에 가면 부처가 있다고 생각하는가?

절에 가면 인간이 만든 불상만
자네를 내려다보고 있지 않던가?

부처는 절에 없다네.
부처는 세상에 내려가야만
천지에 널려 있다네!
내 주위 가난한 이웃이 부처고
병들어 누워있는 자가 부처라네!

그 많은 부처를 보지도 못하고
어찌 사람이 만든 불상에만

허리가 아프도록 절만 하는가?

천당과 지옥은
죽어서 가는 곳이라고 생각하는가?
천당은 살아있는 지금이 천당이고 지옥이라네.
내 마음이 천당이고 지옥이라네.

내가 살면서 즐겁고 행복하면
여기가 천당이고
살면서 힘들고 고통스럽다고 하면 거기가 지옥이라네.
자네 마음이 부처고
자네가 관세음보살이라네.

여보게 친구!
죽어서 천당 가려고 하지 말고
사는 동안 천당에서 같이 살지 않으려나?
자네가 부처라는 걸 잊지 마시게!
그리고 부처답게 살길 바라네!

인연이란

함부로 인연 맺지마라.
진정한 인연과 스쳐가는 인연은 구분해서 인연을 맺어야 한다.

진정한 인연이라면 최선을 다 해서 좋은 인연을 맺도록 노력하고 스쳐가는 인연이라면 무심코 지나쳐 버려야 한다.

사랑을 하되 집착이 없어야 하고
미워하더라도 거기서 오래 머물러서는 안 된다.

사랑이든 미움이든 미움이 그곳에 딱 머물다 집착하게 되면
그때마다 분별의 괴로움이 시작된다.

사랑이 오면 사랑을 하고 미움이 오면 미워하되
머무는바 없어야 한다.

인연따라 마음을 일으키고 인연따라 받아들여야 하겠지만
집착만은 놓아야 한다.

＊ 인간은 태어나면서 입안에 도끼를 가지고 다닌다.
＊ 인연을 그냥 스치는 것에 머물게 하지 말고 소중한 만남으로 만들
  어라.

넓게 보는 성인

한 성인이 길을 가는데 건달이 욕을 한다. 그러나 성인은 미소를 지
을 뿐 화내는 기색이 없다. 제자가 묻기를 "스승님 그런 욕을 듣고도
웃음이 나옵니까?"
"그것을 받으면 내 것이 되고 안 받으면 누구 것이 되겠는가?"

"원래 임자의 것이 되겠죠."

"바로 그걸세, 상대방이 내게 욕을 했으니 내가 받지 않으면 그 욕은 원래 말한 자에게 돌아간 것일세. 그러니 웃음이 나올 수밖에!"

* 일거수일투족 감시당하는 사실에 섬뜩했다.
* 문명의 소도구로 전락하지 말자.
* 전자 우편은 편하다. 그러나 모든 뜸들일 시간이 필요하고 진정한 인간관계는 갑자기 만들어지지 않고 세월을 통해 다져진다.
* 물질문명의 노예가 되지 말고 사람다움과 여유를 잃지 마라.
* 순간순간에 감사하고 누릴 줄 알아라. 순간을 수단시하고 살면 평생 남는 게 없다.

세월과 인생

세월은 가는 것도 오는 것도 아니며 시간 속에 사는 우리가 가고 오고 변하는 것뿐이다. 세월이 덧없는 것이 아니고 우리가 예측할 수 없는 삶을 살기 때문에 덧없는 것이다.

해가 바뀌면 어린사람은 한 살 더해지지만 나이든 사람은 한 살 줄어든다. 되찾을 수 없는 게 세월이니 시시한 일에 시간을 낭비하지 말고 순간순간을 후회 없이 잘 살아야 한다.

인간의 탐욕에는 끝이 없어 아무리 많이 가져도 만족할 줄 모른다. 행복은 마음에서 우러나오는 것이다.

가진 것만큼 행복한 것이 아니며 가난은 결코 미덕이 아니며 맑은 가난을 내세우는 것은 탐욕을 멀리하기 위해서다. 가진 것이 적든 많든 덕을 닦으면서 사는 것이 중요하다.

　가능하다면 잘 살아야 한다. 돈은 혼자 오지 않고 어두운 그림자를 데려오니 내 것도 아니므로 고루 나눠 가져야 한다. 우리 모두 부자가 되기보다는 잘 사는 사람이 되어야 할 것이다.

* 목표를 좇아 급하게 달리지 말고 여유를 갖고 돌아갈 줄 알아야
　한다.
* 법정 스님은 성격이 치밀하고 시간을 소중히 여겼으며 자신의 공부
　를 하려고 노력했다.—**송광사 법흥 스님**
* 봄이 와서 꽃이 핀 것이 아니라 꽃이 피니 봄이 오는 거라.—**맏상
좌 덕조 스님**
* 2010. 2. 25일 가시기 전날 눈이 내려 매화를 보러 남쪽에 가고 싶어
　했는데 꽃향기를 좇아서 가신 것 같다.—덕조 스님

살아있는 것은 늘 새롭다

　물에는 고정된 모습이 없다.
　둥근 그릇에 담기면 둥근 모습을 하고 모난 그릇에 담기면 모난 모습을 한다.

　뿐만 아니라 뜨거운 곳에서는 증기로 되고
　차가운 곳에서는 얼음이 된다.
　이렇듯 물에는 자기고집이 없다.
　자기를 내세우지 않고 남의 뜻에 따른다,

살아있는 물은 멈추지 않고 늘 흐른다.

강물은 항상 그곳에서 그렇게 흐른다.

같은 물이면서도 늘 새롭다.

오늘 흐르는 강물은 같은 강물이지만 어제의 강물이 아니다.

강물은 이렇듯 늘 새롭다.

오늘의 나는 어제의 나와 거죽은 비슷하지만 실제는 아니다.

오늘 나는 새로운 나다.

살아있는 것은 이와 같이 늘 새롭다.

─법정 스님 글 '물과 같은' (김옥림 저 참조)

친구여 나이가 들면 이렇게 살게나

친구여 나이가 들면

설치지 말고 미운소리, 우는소리, 헐뜯는 소리,

그리고 군소리, 불평일랑 하지를 마소.

알고도 모르는 척, 모르면서도 적당히 아는 척, 어수룩하소.

그렇게 사는 것이 평안하다오.

친구여!

상대방을 꼭 이기려고 하지마소. 적당히 져 주구려.

한걸음 물러서서 양보하는 것,

그것이 지혜롭게 살아가는 비결이라오.

친구여!

옛 친구를 만나거든 술 한 잔 사주고 불쌍한 사람 보면 베풀어 주고
손주 보면 용돈 한 푼 줄 돈 있어야
늘그막에 내 몸 돌봐주고 모두가 받들어 준다오.
우리들의 시대는 다 지나가고 있으니
아무리 버티려고 애를 써 봐도 가는 세월은 잡을 수가 없으니
그대는 뜨는 해 나는 지는 해
그런 마음으로 지내시구려.
나의 자녀, 나의 손자, 그리고 이웃 누구에게든지
좋게 뵈는 마음씨, 좋은 이로 사시구려
멍청하면 안 되오. 아프면 안 되오. 그러면 괄시를 한다오.
아무쪼록 오래 오래 잘 사시구려.
친구여…

중심에서 사는 사람

거죽은 언젠가 늙고 허물어진다. 그러나 중심은 늘 새롭다
영혼에는 나이가 없다.
영혼은 시작도 없고 끝도 없는 그런 빛이다.
어떻게 늙는가가 중요하다.
자기인생을 어떻게 보내는가가 중요하다.
거죽은 신경 쓸 필요가 없다. 중심은 늘 새롭다
거죽에서 살지 않고 중심에서 사는 사람은
어떤 세월 속에서도 시들거나 허물어지지 않는다.
　―법정 잠언집 '살아있는 것은 다 행복하라' 중에서

우리에게 주어진 시간은 그리 많지 않다

잠자는 시간을 줄이라
우리에게 주어진 시간은 그렇게 많지 않다.
시간의 잔고는 아무도 모른다.
쇠털같이 많은 날 어쩌고 하는 것은
귀중한 시간에 대한 모독이요 망언이다.
시간은 오는 것이 아니라 가는 것
한번 지나가면 다시 되돌릴 수 없다.

자다가 깨면 다시 잠들려고 하지 말라
깨어있는 그 상태를 즐기라
보다 값있는 시간으로 활용하라.

입안의 도끼

"인간은 입에 도끼를 가지고 태어난다."
혀는 우리의 지체 중에서 작은 것이지만
온몸을 불태우고도 남는다.

벌레와 짐승은 길들일 수 있지만 혀는 길들일 사람이 없다.
스스로 노력하고 조심해야 한다.

지금 이 자리에서 최선을 다해 최대한으로 살 수 있다면,

여기에는 삶과 죽음의 두려움도 발붙일 수 없다.
저마다 서 있는 자리에서 자기 자신답게 살라.

─법정 스님 『산에는 꽃이 피네』 중에서

인간은 강물처럼 흐르는 존재이다

우리들은 지금 이렇게 자리에 앉아 있지만
끊임없이 흘러가고 있다.
변하고 있는 것이다.
날마다 똑같은 사람일 수가 없다.
그렇기 때문에 함부로 남을
판단할 수 없고 심판할 수가 없다.

─법정 스님 『산에는 꽃이 피네』 중에서

행복할 때는 행복에 매달리지 말라.
불행할 때는 이를 피하려고 하지 말고 그냥 받아들이라.
그러면서 자신의 삶을 순간순간 지켜보라.
맑은 정신으로 지켜보라.

─법정 스님 산문집 『아름다운 마무리』 중에서

스포츠, 여행

김양중, 김응룡, 김민식, 이장석, 김정문, 이만수
염경엽, 이광옥, 조범현, 이광길, 박동희, 민훈기
강주리, 매팅리, 하 비, 이종범, 박찬호, 양준혁

〈스포츠(야구)〉

* 야구는 1904년에 미국 길레트에 의해 들어왔다.
* 야구는 목표가 뚜렷하고 간절할 때 이긴다.

□ 김양중 야구원로

* 지도자의 권위는 강요로 얻어지는 것이 아니라 신뢰와 원칙으로 얻어지는 것이다.

□ 김응룡 전 야구감독

* 프로세계에서 못하면 끝장이다.
* 나의 1500승 기쁨보다 팀 1승이 더 아쉽다. ─한화 감독시
  한 달쯤 비가 왔으면 좋겠다. ─한화 연패에
* 홈런 맞으면 어금니 꽉 깨물어야지……

□ 김인식 전 감독

* 내가 야구하면서 선수가 감독 망친 것은 한 번도 본적 없다. 그러나
  감독이 선수 망친 것은 수없이 보았다.
* 류현진은 자신과의 싸움에서 이겨야 한다.

☐ 이장석 히어로즈 구단주

* 모 기업들은 대부분 야구단을 경제와는 무관한 조직으로 생각한다.
* 야구단을 모기업의 홍보도구로 구단운영을 사회공헌내지 동원활동 일부로 생각한다.
* 제대로 하려면 구장인프라가 갖춰져야 한다.—고척돔구장 건
* 남의 눈치 보지 않는다.

☐ 김경문 NC 감독

* 부딪치고 깨지고 쓰러지면서 거기서 일어나는 과정을 통해 배워야 한다.

☐ 이만수 야구감독

* NEVER EVER GIVE UP!
* 너무 잘하려고만 하지 말고 후회 없는 경기를 하도록 하자.
* 경기에 이기든 지든 모든 걸 다 쏟고 후회하지 말자.
* 로봇야구 안 된다.

☐ 염경엽 감독

* 야구의 흐름을 뺏기지 말고 서로 소통하는 야구하자.
* 순간의 실수가 평생의 꼬리표가 될 수 있다.

* 승부세계에서는 어떤 것도 인정할 수 없다. 빈자리를 채워서 하는
  것이 프로세계다.
* 생각의 변화가 어렵다. 하지만 바꿔야 성공할 수 있다.
* 생각 없는 훈련은 노동이다.

□ **이광옥** 화순고 야구감독

* 시간이 약이다. 조급해 말고 여유를 갖고 천천히 가라.(윤석민 선수께)

□ **조범현** KT 감독

* 빠르고 공격적이고 재미있는 야구 펼치겠다.
* 단단한 초석을 다지고 시대가 요구하는 야구 하겠다.

□ **이광길** NC 코치

* 무심코 던진 말도 끝까지 지키는 것이 지도자의 의무이다.
* 지도자는 선수의 신뢰를 먹고사는 존재이며 신뢰를 얻으려면 나부
  터 공부하고 선수와 끝까지 약속 지킨다.

□ **이광한** 서울대 야구감독

* 진정한 은퇴는 눈을 감을 때 아는 것, 현장에만 정답이 있는 게 아
  니다.

* 서울대 야구는 ① 야구 아닌 공부, ② 야구 아닌 과외 ③ 셋째가
  야구

* 인생에서는 전성시대를 경험한다. 우린 그 전성시대를 추억하고 음
  미하며 현재의 고통을 잊는다. 하지만 진정한 전성시대는 과거가
  아니라 지금일지 모른다.
* 현재를 어떻게 살고 미래를 어떻게 만들려 노력하느냐에 따라 전성
  시대는 유효기간 없이 이어질 수 있다.
* 역사는 진화한다. 야구도 그렇다. 그러나 한번 세워진 야구기록이
  변하지 않듯 퍼펙트도 진실 앞에선 영원하다.

□ **민훈기** 야구해설위원

* 신바람은 열풍, 강풍, 돌풍이다.

□ **강주리** 아나운서

* 퓨처리그 구장에는 과거, 현재, 미래가 공존한다.
* 퓨처리그는 실력이 없는 선수들이 있는 곳이 아니라 유망주들을 키
  우는 것이다.

□ 매팅리 LA 감독

* 시즌이 끝난 뒤 뒤돌아보면 자랑스런 시즌이 되도록 하겠다.

□ 하비 미 야구심판

* 내가 옳을 때는 아무도 기억해 주지 않는다. 내가 틀리면 아무도 까
  먹지 않는다.
* 기술의 힘을 빌려 선수의 잘못된 판단을 판단한다.

□ 이종범 전 야구선수

* 프로는 가슴에 있는 팀을 위해 최선을 다해야지내 이름을 생각하면
  발전할 수 없다.

□ 박찬호 전 야구선수

* 나는 오뚜기 인생을 살아왔고 시련은 성장의 기회고 행복은 성장의
  대가였다.
* 시련이 많다는 건 운이 좋은 일이고 더 크게 성장할 수 있기 때문에
  이 시련 또 흘러간다.
* 기회는 언제나 있고 끝이 있어야 시작도 있다.—자서전에서
* 야구선수는 남에게 인정받는 세뇌된 직업이고 야구는 단순한 승패
  가 아니라 메시지 전달하는 종목이다.

* 생애 최고의 공 하나 던져 야구에 愛, 義 살아있더라. 애국심과 함께 긍지를 심어준 팬께 감사한다. —7. 18 광주 올스타전에서 은퇴하면서
* 한국선수들은 야구만 잘한다. 인간적인 면이 부족하다. 즉 기능적인 면에 지능, 지혜측면이 너무 떨어진다.
  육체적인 생활방식에서 이제는 감각적인 생활방식으로 변화가 시작되었다.
* 무엇을 했는가? 무엇을 하고 있는가? 무엇을 할 것인가? —자서전에서
* 지금 네가 아무리 힘들어도 은퇴하면 미래가 없기 때문에 그게 더 힘들 것이다. —심리치료 의사가 은퇴에
* 야구선수에겐 야구를 할 수 있다는 것이 행복하다.
* 선배들의 명예를 빛나게 하기 위해선 후배들의 성공과 활약이 중요하다.

□ 양준혁 야구해설위원

* 목표를 설정하였으면 끝까지 최선을 다하여라.
* 뛰어라! 오늘이 마지막이라는 신념으로…
* 타자들은 공한테 예의를 갖추어야 한다. 즉 공을 끝까지 보라는 뜻이다.
* 양준혁, 이종범 추위 날리고 희망 쏘다. —목동구장에서 12. 8
* 양준혁 야구재단 3년째 소외계층 돕는 자선야구대회 개최.

☐ 마해영 해설위원

＊ 번트를 할 경우, 득점력은 2% 가량 높다.
＊ 지키는 야구, 사고의 발상이 필요하다.
　무사 2루에 번트하는 야구 : 지키는 야구가 뿌리 깊게 심어진 정서
　가 있어서다.

☐ 배영수 선수

＊ 사람은 현실에 안주하면 작아지기 마련이다. 더 나은 모습을 위해
　도전하면 점차 발전하는 것이라 생각.

☐ 선동렬 감독 번트유머(기아 감독시, 팬들이)

① 선취점 뽑으면 모 하겠노 : 무조건 번트해야지
② 추가점 뽑으면 모 하겠노 : 무조건 번트해야지
③ 선취점 뺏기면 모 하겠노 : 동점 만들려 번트해야지
④ 동점 만들면 모 하겠노 : 역전 만들려 번트해야지
⑤ 1사 1루하면 모 하겠노 : 번트하면 욕먹으니 강공해야지

☐ 이병규 선수

＊ 모두가 즐기니까 자기 역할 더 잘한다.
＊ 기록을 달성하는 것도 좋지만 노력하면 야구 더 오래 할 수 있다는

것을 후배에게 보여준 것이 더 기쁘다.

(10연타석 안타치고서 한국 야구사 처음 기록달성 7. 10)

* 팀 우승 없는 개인영광 의미 없다.

심리, 명상, 의사

오은영, 차동엽, 곽금주, 매슬로
정용화, 정관용, 강신주, 데이비드 그리피스

〈심리, 명상〉

□ 감정은 / 오은영

* 감정은 제대로 느끼고 제대로 표현하고 제대로 실행해야 한다. 슬픔, 기쁨, 분노 등…
* 감정발전은 평생 변화시킬 수 있다.
* 불편한 관계는 적절하게 표현해야 한다.
* 정서가 발달하면 대인관계가 원만하다.

• 감정관리 십계명
① 참자, 그렇게 생각하라. 감정은 최초의 단계에서 성패가 좌우된다.
② 원래 그런 거라고 생각하라. 속을 상하게 하더라도 원래 그런 거라 생각하라.
③ 웃기게 된다고 생각하라. 문제를 단순화시켜라.
④ 좋은 것입니까? 까짓것이라 생각하라. 통 크게 생각하라. 크게 마음먹어라.
⑤ '그럴만한 사정이 있겠지' 라고 생각하라. 상대방의 입장이 되어 보아라.
⑥ '내가 왜 너 때문에' 라고 생각하라. '내가 왜 너 때문에 속을 썩여' 라고.
⑦ 시간이 약임을 확신하라. 별 것 아니고 배짱 두둑하게 생각하라.

⑧ 새옹지마라고 생각하라. 세상만사 마음먹기에 달려있다.

⑨ 즐거웠던 순간을 회상하라. 힘든 순간 잊고 기분전환 하라.

⑩ 눈을 감고 심호흡 하라. 치밀어 오른 분노, 침을 삼키듯 꿀꺽 삼
   켜보라.

☐ **차동엽** 신부 – 심리학에서는… **무지개원리**

① 21의 법칙 : 무엇을 자기 것으로 하고자 하면 최소 21번 연습 반복해
   야 한다.

② 100번의 법칙 : 주어진 여건상 뒤떨어진다면 100번의 연습 반복해야

③ 10년 법칙 : 어떤 분야에서 최고수준의 성과와 성취에 도달하려면
   최소한 10년 정도 집중 사전 준비해야 한다.

   ─교육 심리학자 하워드 가드너

☐ **곽금주** 서울대 심리학 교수 – 막말에…

* 권력에 취하면 자기중심적 사고가 되어 막말을 하게 된다.

* 존경을 받아야 할 국회의원이 저질집단으로 변하였다.

☐ **매슬로** 미 심리학자 – 욕구 관계(다섯 단계)

① 심리적 욕구 ② 안전 욕구 ③ 소속 욕구 ④ 자존 욕구

⑤ 자아실현의 욕구

* 링겔만 법칙 : 100명 이상 행사시 애국가를 부를 때 개미소리만한 소리를 낼 때, 즉 내가 안 불러도 다른 사람이 부를 거라는 심리상태.

□ 복 받고 살아가는 50가지

1. 웃음으로 시작하고 웃음으로 마감하라.

2. 기뻐하면 기뻐할 일만 생긴다.

3. 힘든 것에는 뜻이 있다. 감사함으로 수용하라.

4. 믿음의 열도를 10배 늘려라. 100배의 수확이 보장된다.

5. 모두를 위하는 사람이 되어라. 그것이 나를 위한 지름길이다.

6. 진리가 아니면 따르지 마라. 한번 잘못 들면 평생 후회한다.

7. 인연을 소중히 하라. 소중하지 않은 인연 없다.

8. 인생 드라마는 스스로 연출한다.

9. 건강해야 건강한 운을 만든다. 과욕 버려라.

10. 잠에서 깨어나라. 지혜의 눈을 떠라.

11. 하늘은 스스로 돕는 자를 돕는다.

12. 지혜로운 사람이 되어라.

13. 자신의 무한능력을 발견하라.

14. 머리를 써라. 하늘이 준 보물이다.

15. 실패를 뒤집어 보라. 그 속에 성공 있다.

16. 아낌없이 베풀어라. 샘물은 퍼낼수록 물이 솟아난다.

17. 남의 눈으로 자신을 바라보라.

18. 기쁨으로 하루 맞이하라.

19. 부모를 공경하라. 자손만대 번영한다.

20. 눈앞 문제에 집착마라. 해답은 뒤에 있다.

21. 나날이 향상하라, 퇴보하기 전에…

22. 남의 말 좋게 하라. 복이 굴러 들어온다.

23. 음식은 골라먹지 말고 말은 골라서 해라.

24. 복을 담을 그릇을 만들어라.

25. 복을 지어라. 지은 것만 들어온다.

26. 가슴 펴고 당당하게 살아라.

27. 오늘의 나의 시간, 나의 시간 창조하라.

28. 불평마라. 불평은 불운을 끌고 다닌다.

29. 감사하라. 천사의 손길이 다가온다.

30. 만나고 싶은 사람이 되라.

31. 취미를 만들어 삶을 풍요롭게 해라.

32. 불행 중 다행은 있어도 다행 중 불행은 없다.

33. 쓰러짐을 부끄러워 마라. 일어서지 않음을 부끄러워하라.

34. 좋은 친구 사귀어라. 우량주이다.

35. 부정적 친구 만나지마라. 그는 원수다.

36. 아는 길도 물어가라.

37. 안 풀리는 것은 멈추고 원인을 찾아라.

38. 세상에 우연은 없다. 인연을 소중히 하라.

39. 남의 잘못에 한쪽 눈 감아라. 잘할 때 눈 떠라.

40. 진심으로 봉사하라. 10배의 축복이 들어온다.

41. 티 내지마라. 평생 간다.

42. 상상력 키워라. 현실 만드는 청사진이다.

43. 기회는 하늘의 별만큼 많다.

44. 기도하라. 기도는 영혼의 호흡이다.

45. 자신을 칭찬하라. 자신은 사랑받기 위해 태어났다.

46. 자신을 해방시켜라. 자신이 주인이다.

47. 가정은 행복을 만드는 성전이다.

48. 문제 생긴 후 기도 말고 평상시 거래하라.

49. 활기찬 노래하라. 성공 행진곡이다.

50. 어린 시절로 돌아가라. 희망이 함께 자란다.

* 동의보감의 눈으로 세상을 보라.

* 거리의 철학자, 돌직구 철학자…별명,

* 거울은 자아인식의 매개체이다.

* 나르시스:그리스 신화에 나오는 연못속의 나를 보고 이상하다고
   뛰어들어 사망했다는…

☐ **정용화** 시인

* 철학에 말을 걸다
   ① 사랑하는 사람을 만나면 펼쳐보이게 된다.
   ② 누구나 마음의 눈에는 비밀번호가 있고 인생의 흐름에 비밀번호
      가 바뀐다.
   ③ 인문학을 공부하면 철학과 달리 남과 부딪히는 일 적어진다.

□ 정관용 평론가-CBS 대담

① 소통은 비우는 것이 핵심, 나를 비워서 다른 사람을 담아내는 것
   이 진정한 소통이다. 더 강한 사람이 비워야 소통할 수 있다.
② 방법을 가진 사랑은 사랑이 아니다.
③ 여야 관계는 적대적 공존 관계이다.

□ 강신주 교수-SBS 힐링캠프

* 사랑의 제일 법칙은 무소유다. 사랑은 내걸 주는 거다. 그런데 결혼
  은 소유다. 성기에 대한 배타적 소유권이다. 결혼은 때때로 사랑을
  보장하기도 하지만 족쇄가 되기도 한다.
* 수술을 해라. 냉정하게 아프게 말해라. 'NO' 라고 할 수 있는 사람
  만이 'YES' 라고 할 수 있다.(우리사회는 no라고 하면 깎아내리려 한다. 정확한
  의사표현이 좋다.)
* 우리는 모두 가면을 쓰고 살고 있다. 정직한 나를 보여줄 수 있는
  상대를 찾아야 한다.
* 진짜 좋은 꿈은 실천을 강요한다.
* 죽어가는 것을 사랑해야 한다. 어떤 것을 소중히 생각하는 것은 그
  것이 곧 지고 죽어간다는 것을 알기 때문이다.
* 영원할 것 같은 봄날을 꿈꾸며 사랑하지 마라.
* 얼마든지 욕하라. 그러나 내말이 옳다는 걸 부정하지 말아 달라.
* 시인 김수영은 시의 무용론에 대해 말했다. 나도 마찬가지다. 사람
  들이 모두 철학자가 되 강신주가 불필요해지면 좋겠다.

* 강신주 현상은 매체가 지배하는 포스트모던 사회의 징후이다. 꾸미지 않는 것을 연출하려는 매체의 욕구에 부합해 성공.
* 배우자와 어르신과 젊은이들이 제대로 끈덕지게 마주보자. 서로 마주보는 게 사랑이다.(경향)
* 사랑은 함께 같은 방향을 바라보는 것이 아니라 서로 마주 보는 것이다.—생텍쥐페리『인간의 대지』에서
* 보수적인 사람은 자신과 자신이 가진 것만 사랑하고 진보는 타인과 타인이 가진 것을 사랑한다.

□ 윤대현 서울대병원 정신건강학 교수—심리 톡톡

* 소진 증후군 — 현대인 괴롭히는 증상.
* 인류가 발전해온 것은 마음속의 조정 전략 덕분이다.
* 내일을 준비하며 스스로 마음 관리하는 것
  ① 초기증상 — 깊은잠, 집중력, 건잠중 등
  ② 심리적 회피반응 — 현실거부 반응
* 스스로를 잘 충전하는 방법
  ① 심리적으로 문을 열어야 한다.
  ② 내가 의미 있는 삶을 살고 있다는 느낌을 가지면 스트레스 관리는 자동해소
* 행복해지는 방법
  ① 행복한 일이 굉장히 많이 생기거나
  ② 자신이 행복한 느낌을 갖는 마음
* 연민 공장을 돌려라

① 스트레스 공장:스트레스는 성장하고 성취하는 원동력

② 연민 공장:스트레스 공장이 '열심히 해 더 달려' 하는 반면 연민 공장은 '넌 정말 멋있어' 라고. 둘은 라이벌 관계다.

③ 쾌락공장 혹은 분노공장:연민공장이 잘 작동 않으면 쾌락 공장이 돌아간다. 즉 과식, 과음, 쇼핑 등 자극을 요구하게 된다.

＊ 혼자서는 힐링이 되지 않는다.

＊ 연민공장을 돌리는 방법

① 사람, 자연, 문화와 우리의 뇌를 연결하는 것이다.

② 지나치게 모범생으로 살지 말고 10%는 날라리로 살아라.

＊ 왜 사는지를 아는 사람은 어떤 상황도 이겨낼 수 있다.

─빅터 프랭클 『죽음의 수용소에서』

＊ 삶의 의지를 놓치지 않은 사람들은 수용소에서도 생존했다.

─나치독일 치하에서 살아남은 작가

＊ 연민공장을 작동하는 훈련법

① 세 번 깊게 숨 쉬면서 흐름흐름 느끼기

② 조용한 곳에서 밥을 음미하며 먹기

③ 하루 10분 사색하며 걷기

④ 일주일에 한번 친밀한 벗과 대화하기

⑤ 슬픈 영화나 작품 주 1회 감상하고, 일주일에 3편의 시 읽기

⑥ 스마트폰 집에 두고 당일치기 기차여행 하기

힘과 용기의 차이

시 : 데이비드 그리피스
낭송 : 정목 스님/나무 아래서

강해지기 위해서는 힘이 필요하고
부드러워지기 위해서는 용기가 필요하다.
자신을 방어하기 위해서는 힘이
방어 자세를 버리기 위해서는 용기가
이기기 위해서는 힘이 저주기 위해서는 용기가
확신을 갖기 위해서는 힘이 필요하고
의문을 갖기 위해서는 용기가 필요하다.

조화를 이루기 위해서는 힘이
전체의 뜻을 따르지 않기 위해서는 용기가
다른 사람의 고통을 느끼기 위해서는 힘이
자신의 고통과 마주하기 위해서는 용기가 필요하다.

자신의 감정을 숨기기 위해서는 힘이 필요하고
그것을 표현하기 위해서는 용기가 필요하다.
학대를 견디기 위해서는 힘이 필요하고
그것을 중단시키기 위해서는 용기가 필요하다.

홀로 서기 위해서는 힘이 필요하고
누군가에게 기대기 위해서는 용기가 필요하다.

사랑하기 위해서는 힘이
사랑받기 위해서는 용기가
생존하기 위해서는 힘이
삶을 살기 위해서는 용기가 필요하다.

삶의 가장 큰 힘

우리 몸에 힘이 있듯이 마음에도 힘이 있습니다.
우리 몸은 음식으로 힘을 얻지만
마음은 생각으로 힘을 얻습니다.

좋은 생각은 마음의 힘이 됩니다.
사랑, 희망, 기쁨, 감사, 열정, 용기, 지혜, 정직
용서는 마음을 풍성하고 건강하게 합니다.

하지만, 미움, 거짓, 불평, 의심, 염려, 갈등, 후회는
마음을 약하게 하고 황폐하게 합니다.
나의 자유가 중요하듯이 남의 자유도 똑같이 존중해 주는 사람

존 러스킨은 "마음은 힘에서 아름다움이 태어나고
사랑에서 연민이 태어난다"고 했고
스피노자는 "평화란 싸움이 없는 것이 아니라
마음의 힘으로부터 생긴다"고 했습니다.

우리 마음의 좋은 생각이 우리를 아름답게 하고
삶을 평화롭게 합니다.

상대편은 내가 아니므로 나처럼 되라고 말하지 말라.
내가 이 말을 듣는다고 미리 생각해 보고 말해라.
성심껏 들으면 마음의 소리가 들린다.

지루함을 참고 들어주면 감동을 얻는다.
한쪽말만 듣고 말을 옮기면 바보 되기 쉽다.
자존심을 내세워 말하면 자존심을 상하게 된다.

말은 하기 쉽게 하지 말고 알아듣기 쉽게 해라.
입(말) 서비스에 가치는 대단히 크다.
당당하게 말해야 믿는다.

흥분한 목소리보다 낮은 목소리가 위력 있다.
눈으로 말하면 사랑을 얻는다.
덕담은 많이 할수록 좋다.

지나친 겸손과 사양은 부담만 준다.
말은 가슴에 대고 해라.
넘겨짚으면 듣는 사람 마음의 빗장이 잠긴다.

예술을 만나다

정복수, 김복수, 한문경, 김인옥, 김강용, 성시현, 김기택
구자현, 박지혜, 김양수, 김대희, 쓰촨성, 해　통, 소동파
이태백, 두　보, 설　　도, 김중현, 박창수, 송승환

<〈예술을 만나다〉 매주 일요일 AM 5시 SBS TV

□ **정복수** 인체바닥화 화가-MC 김지연 아나운서

＊ 생각은 머리에서 나오는 게 아니라 몸에서 나온다. 몸은 가장 솔직
  한 언어이다.
＊ 전시장에 바닥에 인체도, 벽에 장식인체
  · 입장 시 신발 벗고 신체도 밟으며 감상
＊ 혼자 멍청하게 앉아있으면 오만가지 생각이 든다.
＊ 전시회 '바닥화' 밟아주시오.
  바닥화는 인간의 세계, 천정화는 신의 세계
＊ 인체도를 통해 이야기 못했던 부분을 이야기하고 싶다.
＊ 40년간 인간의 몸을 들여다보았다.
  · 단순하고 깨끗하게 살고 싶었다. 살다보니 복잡하게 살게 되었다.
＊ 기성품으로 인간의 모습을 만들어보고 싶었다.
  · 딸의 인형으로 만든 고난 받고 있는 인간의 모습
＊ 작업실 밖으로 거의 안 나오고 혼자 조용히 있는 순간 자연히 나오
  게 된다. 이웃과 마음 터놓고 이야기하는데 10년 걸렸다.
＊ 인간의 육체 내장이 들여다보인다.
＊ 인간은 어떤 모습으로 살고 있는가?
  · 보편화되어 있지만 내면을 나타내는 초상화가 필요하다고 생각.
＊ 개인적으로 인간이 무섭지 않으나 화장하는 그 자체가 가면을 만들
  고 있다. 살과 피부조차도 벗어나고 싶었다.

* 다양한 의미가 있는 뱀, 그 자체를 뱀으로 보지 않고 색다르게 보면 또 다른 모습으로 보인다.
* 그림 그리는 것이 화가가 아니라 화가는 그림을 그려야 화가다.
* 사람이 산다는 것 자체가 발 벗고 있는 것인지 모른다.
* 예술은 천국, 인간으로 살아간다는 정복수 인체화가! 어떤 내면으로 들어갈는지 궁금하다.

□ 김복수 시인, 음악 평론가

* 세상은 너무 넓어 갈 곳이 없다.
* 작업실 ―쥴리아홀 LP판 3만장, 그것만 하면 된다.
         ―한개만 하면 모든 걸 할 것 같다는 신념으로 몰두.
* toxic―쉽게 도달하면 되는데 그게 빨리되지 않는다. 우리는 소리 속에 살지만 음향세계 경험하지 못했다.
* 언제 어느 때 들어도 좋은곡―브람스 피아노곡
* 1984년 저녁산책으로 등단―음악 칼럼집 펴냄.
* 나는 좋아하는 걸 좋아해 시를 쓰고 음악을 듣는다.
* 음악은 아픔과 고통의 순간을 위로해준다.
* 모든 책속에는 일생의 친구가 있다.
* 커피 마시고 음악 듣는데 한공간이면 시간이 간다.

□ 한문경 마림바 연주가

* 마림바 연주 24년째, 5세 때 시작

＊ 실험적 연기로 타악기의 아름다움 알다.

＊ 남들이 하는 피아노보다는 재미난 악기를 해보고 주목받아 좋았다.

＊ 타악기 : 금속악기와 목재악기로 구분

　말랏 : 나무로 만든 연주채, 소리다양

　카우벨 : 맑은 음 효과

　게준 : 표주박 속을 긁어내고 만든 악기

　마라카스 : 흔들어서 만든 악기, 말린 씨앗을 속에 넣어 만든 악기

　캐스터네스 : 효과음

＊ 다른 타악기를 해야 마림바를 전공할 수 있다.—프랑스 유학, 예고 졸

＊ 지루함을 느끼지 못해 포기 않고 전공. 주위에서 내 이름은 몰라도
마림바연주가로는 기억하고 있다.

＊ 10세에 오케스트라 합연, 12세에 일본에서 심사원 전원 일치 우승.

＊ 전 세계 중 일본, 프랑스만 전공학과가 있다.

＊ 살고 싶은 삶의 방향이 같은 듀엣—김혜자

＊ 더불어 다른 사람이 잘할 때 함께 잘할 수 있어 늘 도전하는 젊은
연주가 한문경—김지연 아나

　□ **김인옥** 동양화가 · 항금리 가는 나(양평 소재)

＊ 자연을 접하면서 자연친화적 작품세계로 바뀌었다.

＊ 폐가와 다름없는 옛 가옥 개조, 작업공간으로 활용하고 있다.

＊ 자연 닮은 색깔, 행복한 그림, 수묵화에서 채색으로 변화시킴.

　· 돌가루와 분체색소를 아교에 섞어 그림 작업.

　· 붓 사용 고정관념 버리고 수세미로 찍어 발라 색감, 요철 표시.

□ 남편 김강용 벽돌화가, 벽돌소재로 사실주의 화가

* 작은 입자가 하나의 덩어리를 이룬다. 큰 사회를 이루는 덩어리.
* 남편—이성적이고 논리적
* 부인—감성적이고 자연주의
* 결혼 초—작품 비판적
* 지금—단점보다 장점을 서로 이야기 한다.
* 부인 김인옥 화가—집요함, 원하는 대로 계속, 현실적, 좌절 않고 노력, 중국 영향받아 한국의 특징 살리고 싶어
* 가장 한국적인 것이 세계적, 인간본연, 행복을 작품세계로
* 삶에 지친 사람들의 마음을 위로해주고 싶다.
* 희망의 메시지를 담아 그림으로 전달하고 싶다.

□ 성시연 국내 최초 여성 오케스트라 지휘자

* 음악에 대한 해석은 몸을 통해 나온다. 따뜻한 카리스마 주인공
* 유학 시 콩쿠르 입상과 동시에 지휘자 꿈.
* 현 경기도 필 오케스트라 총지휘자
  인지도 알리고 싶으나 상임지휘자로 부담 느낀다.
  한국 실정에 맞게 지휘—현실적인 문제를 보듬는 리더십
* 연주투어하며 생각이 열리고 귀가 열리고 눈이 뜨인다.
  열정이 있으면 꿈은 이루어진다. 잘해 보겠다고 하니 도움이 오더라. 개개인의 마음이 어우러진 연주.
* 원래 꿈은 피아니스트였으나 시야를 넓힐 기회 찾아 지휘자로

· 피아노는 혼자 연주하지만 오케스트라는 청중을 상대로 매력적

· 남의 시선 신경 안 쓰고 나 스스로 열심히 한다.

* 길이 힘들어도 미래를 생각하면 쉽게 만드는 역할을 하고 싶다.

* 인간의 근본적인 감동을 느끼는 말로 연주하고 싶다.

* 좌우명―짧고 굵게 살자.

* 새로운 것에 도전 열정을 다해 평가받는 지휘자로 되고 싶다.

* 부활과 화합을 실행하는 성시연 지휘자―MC

□ 김기택 시인, 걷기예찬 시인

* 걷자 걷자 느리게 걷자 천천히 걷자. 걸음을 멈추면 생각도 멈춘다!

* 수많은 생각들이 걷기를 통해 나온다.

* 나는 걸으면 세포하나 탄생하며 이것이 창조의 원천이다.

□ 걷기운동(2015. 1. 24 이병희 아나 대담)

* 문명의 발달로 모든 걸 앉아서 해결하는 시대.

· 걷기를 안 하면 걷기 속 보물을 잊어버리고 현대인의 몸을 잃어
버리고 문명을 잃어버린다.

* 도시에서의 걷기예찬―생활 속에서 걷기 강조

* 도시―늘 변하는 현실을 생각하면서 걸어보아라. 도시의 복잡한 생
각을!

* 걷는 것이 가장 좋은 명약―소크라테스

* 걷기―생각을 바꿀 수 있는 동기 되기도, 행복한 순간의 생각 중

* 나는 손만 가지고 있는 것이 아니라 나의 발로 한몫하다.—니체
* 새보다 땅을 적게 밟는다.—한순간도 땅에 내려 밟을 시간 없다.
* 복잡한 것을 접하면서도 걸으며 내면을 찾아야 한다.

□ 구자현 판화화가(홍대 졸)

* 모든 의미는 과정 속에 묻어 있다.—과정에서 길을 묻다.
* 판화의 길—아무도 가지 않는 길, 작업과정이 분명한 길
* 대형 실크린 작업—네 가지 색 사용
* 작가에게 원은 무엇인가?
  나는 원 위에 있다. 윤리우주행복—원에는 찰라와 영혼이 있다.
* 지치지 않는 것—휴식공간이 있다.
  · 양평작업실—계절의 흐름을 담아낸 한 폭의 수채화다.
* 판화 불모지대—일본유학
  · 판화는 주재료가 종이이나 구하기 힘듦, 30년 역사
* 종이판화 → 석판화 → 목판화로 변화
  · 평상시 재료경험을 해야 하는 판화—판화는 회화다.
* 계획이 있어야 하고 체험이 있어야 한다. 365일 쉬는 날 없다.
* 내년엔 판화 원작도 완성, 판화를 지켜나가기 위한 신념뿐이다.

□ 박지혜 바이올리니스트—2014. 12. 25 KBS

* 년 180회 이상 기부 연주한다.
* 우울증으로 오래 고생했지만 우울증 기간이 없었다면 내가 하는 기

부재능이 없었을 것이다.

* 나눔의 기쁨을 전달하여 내가 살아가는 삶을 연주하며 세상에 더 아름다운 연주를 기쁨으로 살아가니 얼마나 좋은가요?
* 기쁨의 통로가 되기 위해 앞으로도 더 노력할 것이다.

• **창작뮤지컬을 말하다**(12. 28) / 박지혜
    * 가시적 이야기보다 즐거움을 주는 뮤지컬로
    * 누가 보아도 주는 즐거움이 있어야 하고 관객의 마음을 알아야
        · 30대 주객에서 40, 50대 주객으로 초점을 맞춘다.
    * 뮤지컬 축적의 기간이 필요―스타가 필요하고 산업화해야
    * 재미와 감정이 있어야 성공, '그날들' ―무한감동이 필요하다.

□ **김양수** 담백한 산수화가

* 작품과 삶이 맥을 같이한다.
* 아궁이 불도 보고 땔감도 준비하고 자연스럽게 외로움을 약으로 살려한다. 산다는 의미를 깨닫는다.
* 자신에서 자아를 찾는다.
    · 여기는 지구의 끝이고 고요를 찾는 집, 내가 가는 길, 친구가 가는 길, 담쟁이 모습이다.
* 행복할 수 있는 일이 따로 있는 것, 은둔과 함께 욕심을 버리는 것
* 그림을 그리며 어렸을 때 그리움, 고요의 그리움, 그리움에서 벗어나 고요하고 청정한 그리움을 그린다.
* 여백은 마음의 쉼표

· 과거를 돌아보면서 새 작품 찾는 것이 그림 그리는 이유다.

□ 김대희 도예가(자연을 펼치는 도예)

* 자연을 닮은 것이 최고의 예술이다.
* 간결하면서 마음을 나타내 추운겨울 따스함을 주는 예술가다.
  ―김양수 화가
* 도자기는 필요에 의해 태어나고 혼과 손을 잡아넣는다.
* 세상에는 좋은 시도 나쁜 시도 없다. 주어진 흙으로 흙의 마음까지 헤아려야!
* 도운방 작업실―도자기가 소리내는 방
* 핏속에 흐르는 피 무시할 수 없다―딸
  · 30년 40년 후엔 이런 것이었구나.
* 질박한 도자기에 철화를 그리니 커져 보인다.
* 한국적인 '미'를 표현―한국 사람은 마음이 아름다워 아름다워 보일 뿐이다.
* 좋은 작품 만들려고 할 때는 욕심 버려야!
* 자연의 마음 자연으로 돌아가야 이것이 예술이다.

□ 중국 쓰촨성 ― 문화예술 특구, 조교, 불교의 성지

* 전통과 현대가 공존하는 쓰촨―2000년 역사 간직
  · 악기, 서예, 조각, 시 관련 문화도시―새로운 역사가 쓰여져 가고 있다.

＊ 허둬정 : 화가, 문화예술 특구 창시자

· 인간은 결국 자연의 힘이다.

· 말하고 싶은 것을 그림을 통해 표현한다.

＊ 차 문화 — 다예 — 차 마시는 예술

＊ 이백, 두보, 소동파 — 대표시인

＊ 과거시험 합격 후에 시를 배우는데 소동파의 시를 배운다.

＊ 생활이 예술이 되고 문화가 된다. — 고여 있는 예술가는 소멸한다.

☐ 중국 쓰촨성(2015. 2. 2)

＊ 영웅의 땅, 문화가 숨 쉬는 고스 예향

· 변화를 받아들이고 전통을 지키는 성

　인형극전통 — 세계 제일

　그림자 인형, 전통계승 도시화 가는 것이 좋다.

＊ 하늘이 내린 문화의 조화도시, 생활이 예술이고 문화가 된다.

＊ 불상 — 수재를 막으려고 해통 스님, 낙산대불 90년간 제작

＊ 불교의 보금자리 — 아미산 보현보살상(아미산에서 제일 오래된 사찰 보현사)

＊ 아미산 정상 — 금정사(아시아에서 제일 큰 대불대상) : 영감주고 지혜를

　준다.

☐ 소동파 시인 – 자유 긍정적인 사고방식 소유자

＊ 여유롭고 자유롭고 즐길 줄 아는 시인

＊ 차의 문화 — 음식문화는 세월과 연관

차는 즐겨 그저 마시기만 하는 것이 아니라 인간 역사의 상징이고 예술이다.―세월이 쌓여가는 즐거움, 자연의 맛, 향기이다.

* 꾸밈이 없고 명쾌한 시인, 중국 최고 문장가, 고려, 조선에도 영향
* 소동파의 문장은 금은보화가 가정에 가득한 것과 같다.

□ 이태백의 시

* 반달이 걸린 가을산, 그리운 그대 못보고 우주를 가련다.
* **시성 두보** 평생 이백을 그리워하다.
  · 머리가 하얗게 세어도 돌아갈 곳이 없네.
  · 춘망―나라는 파괴되었어도 자연은 그대로이네.
  · 사상과 현실 속에서 고민, 모방하고 배워야 할 시인

□ **설도** 뛰어난 표현력, 미모, 재색 겸비한 황진이 닮은 시인

* 아름다운 꽃을 보아도 즐겁지 않은 것은 반은 수도이기 때문
* 시인 '원진'을 향해 '꽃이 져도 함께 슬퍼할 수 없어'

* 서예 : 법고청산의 예술, 시대정신이 서예다
* 아주 유연하면서도 사람들을 끌어들임.

□ **일중 김중현** 서예가―가장 전통적인 글을 쓰다. 혼합

* 현판글 시대명인 가문영광으로―한석봉, 추사 김정희

* 서예의 근원이 한자에 있으므로 한자를 배우지 않으면 서예를 말할
  수 없다.
* 한자를 한글체한 한서체 개발, 한 획 한 획이 머릿속에 그려진다.
* 부드럽고 단아하게!
* 인생은 유한하기 때문에 마음에 든 글 쓰지 못한다.

□ 박창수 홈 콘서트 피아니스트

* 프리뮤직 작곡연주가, 300회 공연
* 진동에서 나오는 소리를 어떻게 음악과 예술화 하느냐에 집중하고
  있다.─암스테르담엔 커튼 단 집이 없다.
* 예술가는 연구하고 조정하고 찾아내야 한다.
* 소리들이 어떻게 조화되어 작품이 되는지 몰두한다.
* 하우스 콘서트 장면 모두 CD로 제작, 가보로 보관하고 있다.
  -지구역사가 화석이라면 내 역사는 홈 콘서트이다.
* 완벽을 추구하며 배우는 게 많고 함께 하는 스텝들이 발전하는 것
  보니 즐겁다.─관객과 살아 숨 쉬는 연주하고 싶다.
* 모든 것을 경청하기 위해 바닥에 앉아 체험한다.
* 나가는 방향을 이야기하면서도 관객도 모르는 비밀이 있다.

□ 송승환 난타연출가, 배우, 방송인(2015. 1. 18. SBS)

* 65년 KBS '은방울과 차돌이'로 데뷔
* 20년 만에 뮤지컬 연출 감독 배우로 데뷔

=LG아트센터, 라카지 ·가족이야기.

＊ 뮤지컬은 재미있어야 하고 무대는 항상 긴장되어 있다.

＊ 배우는 안 해본 역을 해 보고픈 것이 희망, 첫 데뷔작 '사미천가'

＊ 나에게 뉴욕시계란? 리얼했던 좌판시계 장사다.

＊ 돌연 뉴욕 간 이유—부모님 사업 실패, 맨손유학.

　　· 문화적 갈등 해소, 원 없이 보고 느끼고 충족했다.

＊ 난타는 도깨비장난, 이순재 배우—나에겐 열정이었다, 해외공연

＊ 사실은 실패한 게 더 많다. 쉽게 잊혀지고 사람들은 모른다.

＊ 나에게 배우란? 흉내 내고 배우고 행복한 직업이다.

＊ 노역을 해보는 것이 조그만 희망이다.—시들지 않는 열정 송승환!

□ **신영옥** 성악가(소프라노)—대담 : 김지연 아나

＊ 세계적인 프리마돈나, 영혼을 울리는 천상의 여인

＊ 꿈이 이루어진 곳, 3000대 1 경쟁

　　· 나에게 이런 시절이 오는구나. 유일한 동양인(메트로폴리탄 콩클)

＊ 나의 삶은 연습, 공연, 공부, 여행의 연속이었다.

　　· 장르에 구애 안 받고 공연할 수 있다.

＊ 결과를 합리화 안하고 마음을 추스르는 공연—언제 어디서나 연습

＊ '될 거다, 할 거다' 생각하고 연습하면 기회가 온다.

＊ 어머니 꾸지람 덕분에 성장한 것 같다. 어머니 내복 입고 다님

＊ 다음에 다음에 ⋯⋯가 기다림 가르쳐 줌

＊ 공익이란? 나의 영원한 벗, 울고 웃고 많은 사람 어루만져 준 것, 아름다운 영원한 친구

▢ 이중섭 화가의 편지

* 당신만으로 하루 가득하다오!—아내생각
* 아내와 아들에게 보내는 편지 코너에 그림 그려 채워 보냈다.—편지
  지 아끼려
* 만나고 싶어서, 또 만나고 싶어서, 머리가 멍해버려요!

▢ 장원실 화가—양평 소재, 부산 출신

* 내가 이사 온 세월만큼 동고동락한 소나무, 뭔가를 해야겠다 하고
  양평에 둥지
* 장원실 화가와 소나무는 일차원의 세계다.
* 아름다움에 대한 질문을 던지다. '무얼 그릴까, 무엇을 남길까?'
* 백열등 그림에 요즘엔 집중, 초롱불 켜다 사라지고 깜박 잊혀지는
  기억들 되살리기 위해.

▢ 박경빈 자연화가

* 같이 있어도 배려해 주어야 한다.
* 말하지 않아도 통하는 사회, 장원실 화가와 동인전시회 가짐
* 삶의 여유가 없다.
  재능은 하나의 선택이기 때문이다.
  재능은 반복에 반복시켜야 빛을 본다.

□ **황순원** 골동품 시인

단문시, 36년간 두 번째 시집

* 빌딩─하모니카 불고 싶다
* 옥수수─이빨을 몽땅 내놓고
* 코끼리─니 귀는 아프리카
* 갈대─갈대가 흔들리며 하늘을 쓸다
* 생각한 부분에 침묵과 여백이 생겼다. 즉 시인이 완성시키지 못한
  것을 독자가 완성시키라고…

* 나의 꿈 어제 만나고 이상한 꿈은 베개를 짓밟고 있었다.

* 방가 · 거침없는 노래─30년 첫 시집, 식민지체제 울분 시로─큰소
  리만 지른다고 언어의 시인이 아니다.

오늘 만나다 미래를…

김정문, 빌 게이츠, 스티브 잡스, 데니스 홍, 배상민

□ 재미를 위해 노력하면 창조가 된다 / 김정운 교수(KBS 2015. 1. 2)

- **플로워 몰입**
  - ＊ 인간이 가장 좋아하는 것에 빠지는 것
  - ＊ 남의 평가와 무관하게 나만 만족
  - ＊ 내가 자신 있게 살면 남이 나를 존중한다.
  - ＊ 나이 들어 가장 행복한 것이 내가 하고 싶은 공부하는 것이다.
  - ＊ 내 인생을 주체적으로 꾸려나가는 것이 나를 위한 공부이다.

- **공유란**
  - ＊ 인간은 남들이 보는 것같이 보고 싶어 한다.－공유하고 싶은 심리
  - ＊ 삼각관계는 가르치는 핵심이다.
  - ＊ 같이 보는 것이 공유이다. 시험, 의미, 가치를 공유
  - ＊ 계층의 시대가 지나고 소통의 시대가 온다.

□ 김정운 교수

＊ 예능－자막을 활용하면 예능프로그램이 성공(편집－예능) : 자막이 말을 걸어와 소통이 시작된다.

＊ 창조의 삶－인사 각도로 사회적 지위 판단하나?
  - · 스토리로 내 삶의 방식을 설정해야 참된 삶이다.

＊ 번 아웃 증후군－50대 삶이 100세 삶으로 바꾸어져!

* 창조적 공부—독일인

  · 정리하는데 강박감을 느끼나 자기이론 확립하는 카드 정리로
    시간에 구애받지 않고 논문작성
  · 내 이론 만드는 독일인
    내방식대로 이론정립 이론카드 활용

□ **김정운 교수는 문화 심리학 치료교수**(2015. 1. 3 KBS)

* 메타언어—대상을 한 차원 높게 설정
  =한복, 떡, 복돈 등 연상—메타언어—설—새로운 문화로
* 데이터와 데이터를 이어내는 것이 메타언어이다.
  · 데이터를 쓰는 것이 활용화 되어야 한다.
    커닝페이퍼 작용—추상화—최고의 공부
* 데이터베이스가 풍부해야 이야기가 재미있다.
* 조급함과 불안—창조역행
  대상을 제대로 못 본다. 100세 시대 불안
* 지각능력—부분, 전체를 보는 것, 불안하면 숲을 보지 못한다.
* 메타언어를 상실—창조적 실정을 못함
* 5분 동안 행복을 빼고 생각한 것 자유롭게 써보기
  · 불안하면 전체를 보는 것이 사라진다.
    불안—미래의 불안을 앞당기는 것
* 내 재미가 어떠한 사회적 의미를 가지고 있는가를 끊임없이 생각해
  야 한다. 재미와 의미가 만나는 점을 찾아야 한다.
* 내가 사는 것이 오늘이다.—존 덴버 노래

· 내가 부르는 노래로 나를 알아주면 그것이 행복이 아니겠느냐

* 오늘을 충실히 사는 것, 재미와 의미가 교차하는 것에 충실하라.

☐ 무에서 유를 만들다 2015. 1. 10 KBS 심야에 ─ 김정운 교수

* 창의성─새로운 것을 생각해내는 것

* 생각─머리에 다시 떠오르는 것

* 창의성─낯설게 한다.(남들과 다른 방식으로 본 것이 창의성)

* 서구학문에 종속되는 학문은 위험하다. 창조는 편집이다.

* 편집자가 권력을 가지고 있다.

* 인간은 자신에게 필요한 것만 선택함

* 남자들은 하나만 보게 되어 있다.

* 동물은 발정기가 있지만 인간은 날마다 발정한다.

* 창조적인 사람은 날마다 변한다.

* 새로운 지식─정보와 정보의 지식이 바꾸어 사는 지식

* 열심히 살고 있는 것이 창조이다.

* 날아가는 생각을 잡아주는 것이 마우스

* 멍 때리기 대회(멍할 때가 가장 창조적이다. 열심히 할 때가 비창조적이다.)

* 천재와 맹구의 차이 : 천재는 갔다가 돌아오나 맹구는 그냥 간다.

* 마우스를 실행시킨 사람이 스티브 잡스

* 생각을 표현하기 위한 완벽한 공간─넓고 깊은 생각의 장

* 기존의 논리를 뛰어넘는 것이 창조의 길

* 텍스노미─현상을 분해하는 것

* 지식권력으로 대학이 몰락

* 내 삶은 내 것이다. 내가 먼저 잘해야 한다. 모든 것은 내가 결정해야 한다.
* 두 물체는 다른 생각이나 생각은 닮아간다. 맥락까지
* 내 삶과 맥락은 내가 만들어야 하나 맥락은 남에 의해서 바꾸어진다.
* 맥락이 남에 의해 바뀌지면 힘든 인생이 된다.
* 인간이 가장 행복한 때는 어렸을 때 내가 하고 싶었던 일을 하는 것이 가장 행복하다.
* 삶의 맥락을 바꾸려면 외로움을 각오해야 된다. 이를 감내해야 맥락을 이겨낼 수 있다.
* 100년 인생 생각해서 창조력이 있는 삶을 찾는 것이다.
* 저녁이 있는 삶, 주말이 있는 삶―잘 쉬기 때문에 유태인이 창조적인 민족이다.
* 미지의 길은 외로움, 휴식, 반성의 시간을 가져야 한다.―창조의 길
* 행복한 시간은 뭔가 하고 싶어하는 생각을 할 때
* 맥락을 바꾸어야 행복을 찾는다.
* 재미는 창조다.
* 일상의 문화에 편집을 찾다.
* 21세기 인류가 찾아낸 것―재미와 행복
* 왜 사는가?
  · 재미 있으려 살고 행복하려고 산다.
  · 궁극적 가치는 행복추구이다.
  · 재미를 찾으면 죄의식을 느낀다.
* 인생은 적당한 빈틈이 있어야 한다. 정보에 빈틈을 주어야 타인의

관심을 받는다.

* 화가는 대상이 있으나 음악은 대상이 없다.
* 음악은 몸을 움직이게 하고 마음을 움직여 사람들을 하나로 만들어 준다.
* 창조는 편집이다. 편집은 재미를 극대화시킨다.
* 재미의 추구를 통해 창조를 해내고 재미있으려 노력해야 창조성이 생긴다. 재미를 추구하면 창조력이 생기고 행복해진다.
* 내 인생을 재미있게 살면 남이 나를 존경한다.

□ 빌 게이츠

* 시간과 돈을 써라. ─하바드 졸업식서(계몽하는 연설)

□ 스티브 잡스

* 자만하지 말고 갈망하라. ─죽는 것을 항상 생각하라.
* 정서적 공유를 제공, 소통한다. 정서적 공감이 공유할 때 소통이 시작.
  · 이야기가 풍부한 공감이 필요한 사람과 소통한다.
  · 공감되고 재미가 있어야 공감한다.
* 재미는 흉내 내는 것이다. (성대모사 등)
  · 의사소통, 흉내 내기, 유머 있는 자가 소통에 능하다. ─유머로 시작 하는 연설

□ 데니스 홍 재미 로봇 과학자—KBS TV 2015. 3. 8 pm 8시

* 지구를 구한다. 인류를 구한다.
* 미래를 예측하는 것은 미래를 발명하는 것이다.
* WHY로 탄생한 로봇—7세에 영화보고 로봇 만들겠다는 꿈을 키워 현재까지 로봇 연구개발, 로봇hand개발(30만 원대)
* IDEA는 어디서—서로 관계없는 것을 연결시키는 것, 창의성
* IDEA를 얻기 위해 과거 노트해 놓은 것에서=idea 원동력은 메모에서 얻는다.
* 잠들기 전 머릿속에 재미난 생각, 옆에 있는 노트에 불 켜지는 펜으로 메모, 아침에 적어 놓은 IDEA 확인
* 나는 장난꾸러기, 과거 현재 WHY로 모든 가전제품 뜯어 고장 냈다. 그러나 부모는 야단치지 않았다.—감사
* 호기심이 많은 장난꾸러기, 다르게 보는 습관이 호기심 유발, 창의적으로 로봇이 탄생
* 2050년 로봇이 월드컵축구인과 축구하여 이기는 것이 목표다.
* 인생의 갈림길에서 잘못을 나에게 질문한다.—왜 내가 시작했는지 답이 나온다.

• **사람 살리는 일—재난구조 로봇대회**
  - 벽에 구멍 뚫기—실패
  - 험난한 지형 걷기—시간초과
  - 밸브 잠그기—최고점수
  - 소방 호스 옮겨 벽에 붙이기—4등

－ 세 개의 문 열기－30점, 자동차운전－30점, 9등

＊ 항상 이길 수는 없지만 항상 배울 수는 있다.(팀 미팅에서)

- **재난구조용 로봇을 개발하고 있다.**

　＊ 목숨 걸고 일본 후꾸시마 원전 현장답사

　　－ 쓰나미 그대로 존치되어 있다.

　　－ 움직이는 동물, 사람 아무도 없다.

　　－ 영화 세트장같이 그대로 존치되어 있다.

　　－ 3~4천명 작업인부들 영혼이 없는 눈으로 보였다.(노숙자, 죄인)

　　－ 핵 연료봉 지금도 끓고 있다.

- **인간을 위한 따뜻한 로봇**

　＊ WHY로 자라온 미래, 아들도 호기심이 많다.

　　－ 엉뚱한 질문－실험으로 꼭 증명해 준다.

　＊ 아이들 질문 가장 대답하기 어렵다.

　＊ 아이들 교육 중요 하지만 아빠한테 사랑받고 있다는 걸 알리는
　　것이 중요하다.

　　－ why하면 정답 가르쳐 주지 않고 실험을 하여 인식시켜준다.

　　－ 반짝이는 눈과 호기심－어린이는 웃고 생활한다.

　＊ 숫자는 어디로 갈까?－어린애 질문

　　－ 반짝거리는 눈을 잃지 마라－호기심

- **세상을 바꾸는 법**

자녀를 올바른 사람으로 기르는 것이다.

＊ 많은 다른 분야 친구가 많다. —번개모임(남녀노소불문)

＊ 한국의 어린이는 불행하다.

  － 놀 수 있는 권리 가지고 있다.

  － 머리로 공부하는 것뿐 아니라 손으로 공부하여야 한다.

＊ 스트레스 받으면 펜 만나야! —질문의 답은 여러분 곁에 있다.

＊ 물음표를 느낌표로 바꿔라!

＊ 비밀—미래—지구온난화—암 등—미래에서!

□ **배상민** 카이스트 디자인과 교수(2015. 3. 15 KBS 1 pm 8시)

＊ 카이스트는 공부벌레가 아니다.

＊ 모든 교수들은 연구실을 가지고 있어야 한다.

＊ 나는 미래라 한다. 고로 존재한다.

＊ 왜? why? —왜 나는 이 자리에 있나?

＊ 모방을 겁내지 마시오!

＊ 드디어 해 냈어! 이제 끝났어!

＊ 3D 연구—3H 거장들 공통

＊ DREAM—HEART—만나자, 열정, 꿈

＊ DESIGN—HEAD—꿈 뒷받침, 지식 기술

＊ DONATE—HAND—나누고 실행하고 경험을 나눈다.

＊ 3D—3H—MATCHING—그렇다면 나의 3D, 3H는 무엇인가?

• **나는 꿈꾼다—I AM DREAM!**

  － 인간의 대장 심장에서 아이디어 얻는다.

- 스피커 음향 증폭기 히트, 클럽스피커 앞에서 체험 후 개발
- 발레에 대한 한이 있어 클럽에 가서 얻은 IDEA로 증폭기 개발
- 창의적인 사람은 스트레스 푸는 방법을 가지고 있다.—배워야
  채워진다.

* 원래는 발레가 꿈이었으나 부모 반대로(모친은 기독인, 부친은 군인)

- **디자인 설명회에서**
  - 세계적인 권위자들 앞에서—음향 증폭기
  - 불 꺼주세요! 볼륨 올려주세요!
  - 즐겨주세요!(세 마디로 디자인 최고상 수상—음향 증폭기)

* 가르칠 사람 없어! 네가 책임져!

- **카이스트 교수 임용**
  * 미국 수입, 10% 수준
  * 가장 쉽게 수입 올릴 수 있는 방법 찾음—공모전 참석
  * 2006년 휴대용 정수기 디자인 히트
  * 디자인은 사람을 놀라게 하고 감동을 주어야 한다.

인문학(사람과 글월)

김재균, 임성모, 김창원, 테레샤
김형경, 정용진, DJ

□ 인간

* 인간에게 처음부터 만들어진 것은 하나도 없다. 만들어가는 것이다.
* 운동은 하루를 짧게 하지만 인생을 길게 한다.
* 인생에 있어 삶을 표현하기를…
* 기독교—잠깐 있다 없어지는 안개로
* 불교—한 조각 뜬구름으로,
* **테레사 수녀**—인생이란 낯선 여관에서의 하룻밤이다.
* 한나라 민요 '서문행' 한 구절

  인생불만백 상회천세우(人生不滿百 常懷千歲憂) : 사람이 백년을 채워 살지도 못하면서 늘 천년어치의 근심 품고 사네
* 어려운 일도 좋은 일도 슬픈 일도 즐거운 일도 다 시간이 지나면 해결되겠지요. 어떤 일도 시간을 당하는 것은 없다. 한번뿐인 인생, 어차피 일몰 앞에 다가선 우리 인생인데…
* 초발심으로—초발심을 갖고 나를 버리고 지금까지의 앎을 경계할 때 비로소 성공이 따르게 된다.
* 인생의 일곱 계절
  ① 내 인생의 제1 계절은 기쁨의 계절이다.
  ② 내 인생의 제2 계절은 희망의 계절이다.
  ③ 내 인생의 제3 계절은 열정의 계절이다.
  ④ 내 인생의 제4 계절은 사랑의 계절이다.
  ⑤ 내 인생의 제5 계절은 성실의 계절이다.
  ⑥ 내 인생의 제6 계절은 감사의 계절이다.
  ⑦ 내 인생의 제7 계절은 내 인생의 모든 계절이다.

＊ 인간의 조건에서 30대의 친구도 필요하지만 70대 되어서의 친구도
더 필요하다.

□ 박제균 「사람이 꽃이다」(KBS 강연 100도씨)

＊ 10년 만에 탄생한 딸, 한 생명을 얻고 인생의 참맛을 얻을 수 있었다.

□ 인간과 다이아몬드—4C

＊ 투명도—CHARITY : 보석과 사람은 맑음의 정도에 따라 가치가 달
라진다.
＊ 무게—CHART : 가벼울수록 다이아몬드 가치 떨어지듯이 생각과
행동이 가벼운 사람은 인정받지 못한다.
＊ 색깔—COLOR : 가치 있는 보석일수록 신비한 빛을 발한다. 인간의
삶에도 빛과 향기가 있다.
＊ 모양과 결—CUT : 보석은 깎이는 각도와 모양에 따라 가치가 달라
진다. 가치 있는 사람은 주위를 향해 찬란한 빛을 발한다.

□ 인간, 일곱 가지 짱이 되어라!

① 얼짱—밝은 표정, 착한 미소가 좋은 사람.
② 몸짱—자신감 넘치고 당당한 자세.
③ 맘짱—배려하고 겸손하며 이해심 많은 사람.
④ 배짱—용기, 열정, 도전정신으로 실천하는 사람.

⑤ 말짱—긍정적인 말, 적극적인 말, 따뜻한 말, 유머를 잘하는 사람.

⑥ 일짱—자신의 분야에서 전문성, 최선을 다하는 사람.

⑦ 꿈짱—꿈이 큰 가치 있는 비전을 가진 사람, 함께 이루어보고 싶은 목표가 있는 사람, 큰 꿈을 가진 자가 호감을 받는다.

＊ 망상 : 몸을 벗어난 생각은 끝없이 자유를 누린다.

　　　몸을 벗어난 생각은 영원한 존속을 갈망한다.

　　　몸을 벗어난 생각은 모든 것을 이루어 낸다.

　　　몸을 벗어난 생각은 영원불멸을 찾아다닌다.

☐ **임성모** KBS 퀴즈영웅 – 인생은 장기 투자다

1. 좋은 습관을 가져라.

2. 긍정적으로 행동해라.

3. 내일에 투자하라.

4. 오늘은 오늘이고 내일은 무슨 일이 일어날지 모르니 철저히 대비해라.

5. 인생은 가까이서 보면 비극이고 멀리서 보면 희극이다.

＊ 임성모 우리말 달인

　・ 꿈을 이루기 위해 노력하는 것이 성공의 지름길

　・ 삼심으로 ① 초심 ② 열심 ③ 뒷심으로 살아라.

＊ 경계를 깨면 세상이 열린다.—네덜란드 격언

＊ 삼식을 피해라. ① 과식 ② 간식 ③ 야식을 피하라.

□ 김창원 회장

* 성공이란 남 아닌 자기의 양심이 잘했다고 생각이 될 때.

* 돌아올 수 없는 세 가지―입에서 나간 말, 화살, 흘러간 세월

* 긴장을 풀고 문을 두드리게 하리라. 그리고 좀 더 우둔해지리라.
　　―만일 내가 인생을 다시 산다면 중에서

* 지켜야 할 5심(마음)

　① 신심―모든 것을 믿는 마음(믿을 신)

　② 대심―모든 것을 담을 수 있는 여유로운 마음(큰 대)

　③ 동심―같은 마음, 같은 생각을 가진 친구(같을 동)

　④ 겸심―작은 것에도 귀 기울이는 것(겸손할 겸)

　⑤ 칭심―칭찬은 작은이를 큰 사람으로 만든다.(칭찬할 칭)

* 버려야 할 5심

　① 의심―자신의 귀한 존재를 의심하라.

　② 소심―큰사람 되고 큰마음을 갖자.

　③ 변심―끝은 처음과 꼭 같아야 한다.

　④ 교심―교만해지면 사람을 잃는다.

　⑤ 원심―원망하는 마음은 스스로를 피곤하게 한다.

□ 김형경 소설가 '타인을 신뢰할 수 있는 능력' ―「뜨거운 의자」에서

* 타인을 신뢰할 수 있는 데는 의심하는 마음과 신뢰하는 마음 중 인
　간의 자연스런 본성은 의심, 불심 쪽이다.

* 타인을 신뢰할 수 있는 능력은 자율성, 친밀감, 창의성 등이 정신기
  능과 함께 성장과정에서 만들어 가져야 하는 기능을 가졌지 못했
  더라도 성인이 되면 알아차리고 새롭게 성취할 수 있다. 즉 신뢰란
  기계는 노력하면 얻을 수 있다.

☐ 인생이란? — DJ 배움에서

* 인생이란 어떤 의미에서는 자기 자신과의 토론과 설득과 결심의 일
  생이며 새 출발을 거듭하는 일생이다.
* 값있고 행복한 일생 : 인생의 목표는 무엇이 되느냐 보다는 어떻게
  값있게 사느냐에 두어야 한다. 정상 도달은 경우에 따라서는 이루
  어지지 않을 수도 있다. 그러나 스스로 값있게 살려고 노력한 일생
  이었다면 비록 운이 없어서 그 목적한 바를 이루지 못했다하더라
  도 그 사람의 일생은 결코 실패도 불행도 아니다. 값있고 행복한 일
  생이었다고 할 것이다. 만일 내가 인생을 다시 산다면 이번에는 더
  많은 실수를 저지르리라.

☐ 정용진 신세계 부회장

* 마음을 잘 쓰면 복을 받고, 마음을 잘못 쓰면 화가 임할 것이다.
  마음을 경영하는 것이 자신을 경영하는 것이고, 마음을 다스리는
  것이 자신을 다스리는 것이다.
  인문학은 줄거리만 보지 말고 캐릭터 위주로 고전을 정독하고, 속
  도를 내다보면 꽃같이 귀하고 아름다움을 놓치기 십상이다.
  ─신세대 지식향연, 연세대 강연에서

- **'너무' 라는 말**

  너무 똑똑하지도 말고, 너무 어리석지도 마세요.

  너무 나서지도 말고, 너무 물러서지도 마세요.

  너무 거만하지도 말고, 너무 겸손하지 마세요.

  너무 떠들지도 말고, 너무 침묵하지 마세요.

  너무 강하지도 말고, 너무 약하지도 마세요.

  너무 똑똑하면 사람들이 너무 많은 것을 기대할 것이다.

  너무 어리석으면 사람들이 속이려 할 것이다.

  너무 거만하면 까다로운 사람으로 여길 것이다.

  너무 겸손하면 존중하지 않을 것이다.

  너무 말이 많으면 말에 무게가 없고, 너무 침묵하면 아무관심 갖지 않을 것이다.

  너무 강하면 부러질 것이고, 너무 약하면 부서질 것이다.

  우리에게 필요한 것은 단 한 가지 마음을 바꾸는 것이다. 마음을 바꾸면 인생이 바뀐다는 평범한 진리를.

- **더불어 가는 마음**

  우리가 산다는 것은 모두 함께 더불어 산다는 마음과 더불어 가는 마음이면 좋겠습니다.

  하늘도 변화가 있고 계절도 변화가 있듯이 우리의 삶도 희망의 변화가 있기에 변화의 아름다움을 품어내는 우리들의 마음들이면 좋겠습니다.

- **남자는**

  * 남자는 여자의 생일을 기억하되 나이는 기억하지 말고, 여자는

남자의 용기는 기억하되 실수는 기억하지 말아야 한다.

* 먹이가 있는 곳엔 틀림없이 적이 있다. 영광이 있는 곳엔 틀림없이 상처가 있다.

* 남을 좋은 쪽으로 이끄는 사람은 사다리와 같다. 자신의 두 발은 땅위에 있지만 머리는 벌써 높은 곳에 있다.

* 행복의 모습은 불행한 사람의 눈에만 보이고 죽음의 모습은 병든 사람의 눈에만 보인다.

* 느낌이 없는 책 읽으나마나, 깨달음 없는 종교 믿으나마나, 진실 없는 친구 사귀나마나, 자기 희생 없는 사랑 하나마나

* 돈으로 결혼하는 사람은 낮이 즐겁고, 육체로 결혼한 사람은 밤이 즐겁다. 그러나 마음으로 결혼한 사람은 밤낮이 즐겁다.

* 받는 기쁨은 짧고, 주는 기쁨은 길다. 늘 기쁘게 사는 사람은 주는 기쁨을 가진 사람이다.

* 촛불은 빛만 밝혀주고 그 자신은 보이지 않는 그런 희생이 사라져가는 세상을 보면서 촛불 같은 마음으로 살아가는 것도 괜찮다는 생각이 든다.

• 의지력을 기르는 방법

의지력은 긍정적이고 높은 목표에 적용할 때 가장 강한 힘을 발휘한다. 긍정적 의지력은 우리가 타성을 극복하고 미래에 초점을 달성하기 위해 즐거운 마음으로 자신을 상상해 보라.

• 의지력을 기르려면

① 자존심을 이용하라.   ② 자존심인 것처럼 행동하라.

③ 의지력을 단련하라.　　④ 난관을 예상하라.

⑤ 현실적인 목표를 세워라.　⑥ 중단하지 마라.

⑦ 성공의 실적 쌓고 자신감 키워라.

• 남자 편히 살려면

① 인명재처—사람의 인명은 아내에게 있다.

② 진인사 대처명—최선을 다한 후 아내의 명령을 기다려라.

③ 수신제가—손과 몸을 쓰는 일은 제가 하겠다.

④ 처화 만사성—아내와 화목하면 만사가 순조롭다.

⑤ 지성이면 감처—정성을 다하면 처가 감동한다.

⑥ 처하태평—아내아래 있을 때 모든 것이 태평하다.

⑦ 순처자 흥하고 역처자 망한다.—아내에게 순종하면 즐겁고 거스

르면 패한다. 마누라 살아실제 섬기기를 다하여라. 지나간 후에

애닯다 어이하리.

＊ 강한 자가 살아남는 것이 아니라 살아남은 자가 강한 자라 했으니

생존을 위해 열심히 실천 습관화 하라.

• 해서는 안 되는 말

① 비꼬는 말—잘해 보아라.　　② 책임 없는 말—난 모르겠다.

③ 소극적인 말—그건 안 된다. ④ 무시하는 말—네가 뭘 아느냐?

⑤ 핑계의 말—바빠서 못 산다. ⑥ 타협의 말—이정도면 괜찮다.

⑦ 미루는 말—다음에 하자.　　⑧ 의지를 꺾는 말—이제 그만두자.

⑨ 포기의 말—해보나마나 똑 같다.

⑩ 안일한 말—잘 되고 있는데 왜 바꾸느냐?

□ **김병희** 강서문화원장/명예 철학박사

* 인간의 문화 자긍심에는 인격과 국격이 있다.

　① 인격(人格) : 사람의 인격을 뜻한다.

　② 국격(國格) : 국가의 품위를 일컫는다.

• 문화를 꽃에 비유하면

* 연구기능은 뿌리이고, 교육기능은 줄기이고, 전시는 꽃잎이다.

* 자연과학도 기초과학이 필요하듯 문화도 튼튼한 뿌리가 있어야
　한다.

가톨릭, OH MY GOD
(신부, 목사, 스님, 교무 외)

가톨릭 : 바오로2세, 프란치스코, 스카노네, 사비오 혼, 문한림

OH MY GOD : 인명진, 홍창진, 법현, 고성국, 김소정, 월호

□ 교황 바오로 2세

* 이 세상에서 가장 고약한 감옥은 닫힌 마음이다.

□ 프란치스코 교황

* 가난한 교회의 가난한 신자를 위한 기도를 하라.
* 가난한 자와 약한 자를 보호하는 목자가 되어라.─미사강론에서
* 가장 가난하고 힘없고 보잘 것 없는 이들을 사랑으로 이끌어 안아야 한다.
* 이제 노숙자가 사망했다는 것은 뉴스가 아니다.
* 식량위기 뒤엔 투기 부패가 있다.
* 돈과 권력은 덧없는 우상이니 멀리하라.─브라질 빈민가에서
* 규제 없는 자본주의는 새로운 독재, 자본주의는 인류에 대한 새로운 테러다.
* 충돌하면 해결되지 않는다. 만나서 대화해야 해결된다.
* 과거는 잔이 차면 넘쳐 서민한테 돌아가지만 현재는 잔이 차면 마술로 잔이 더 커진다.
* 진정한 권력은 남을 섬기는 것이다.
* 하나님은 빛이니 어둠은 존재하지 않는다.
* 사회적 소모 빈곤 주장할 지혜 모아 달라.─다보스 참석 지도자에게
* 정치인들과 경제인들은 인간의 존엄성을 고려해 모든 결정을 내려야 하고 뒤늦게 후회하는 일이 없어야 한다.
* 사제를 위한 교회 되어 달라.─사제 서임식에서

* 특권 내려놓고 불평등 차별 적극비판—가장 매력적인 인물(3. 12경향)

* 나를 위해 기도해 주십시오.—교황 취임 1주년에

* 세상에 나는 죄인이 아니라고 말할 수 있는 사람은 아무도 없다.

* 나는 누구입니까? 나는 어떻게 보입니까?

* 세월호의 희생자를 위해 기도에 동참해 달라.

* 평화를 유지하기는 전쟁보다 어렵다.—팔레스타인 이스라엘 합동 기도회에서

* 프란치스코가 연 '개혁 교황' 시대—로마엔 순례객 특수

　· 프란치시코 교황은 1963년 요한 23세 사망 후 50년만의 개혁교황

* 가난한 자 편에 서서 스스로 가난하게 사신 분이다.

* 신자유주의 비판—교황의 스승 **스카노네 신부**, 2014. 7. 16. 경향

☐ 교황 방한특집—7. 29 경향

* 가난한 사람을 위해 스스로 가난해져야—교회개혁 최우선

* 교황 역사에 첫 등장한 이름—프란치스코

* 개혁 강조하는 해방 신학자—가장 많이 쓴 단어 '가난' 이다.

* 전쟁반대 종교대화 앞장—사회개혁과 함께

* 교회 성직자 변화 강조, 유럽 중심주의도 비판

☐ 교황 개혁 3가지 표어

① 가난한 교회　② 가난한 사람을 위한 교회

③ 성직자들의 가난한 삶

* 가톨릭교회에서 가장 큰 유혹—교회 내부에 보수주의를 강화하고 교회 밖에서는 사회개혁을 추구하는 것이다.
 · 교황은 이 유혹을 지켜내고 개혁을 성공시킬 수 있을까?

□ 교황청 사비오 혼 대주교

* 순교의 땅 분단의 땅—한국에 대한 교황 관심 특별해
* 교황은 천주교회보다 가난한 사람을 먼저 찾아야 자신의 메시지에 어울리지 않겠는가?
* 한국과 아르헨티나—군사독재, 경제위기 비슷한 고통을 겪었다.

□ 교황 특징

* 성서를 깊이 묵상하는 분으로 그 깊이에서 꺼낸 말씀을 현실에 적응하는 단순 명백함이 탁월하다.
* 교황은 인류애 넘친 분이다. 교황은 형식에 얽매이지 않는다. 취임 일주년에 나를 위해 기도해 달라 주문 메시지 보냄.
* 세계를 움직이는 백인의 인물 중 첫 번째임.
* 사람들이 건네는 음료수 하나도 그냥 지나치지 않는다.
* 폭력을 버리고 평화와 협력으로 나를 해결하길 기도하라.
 · 평화 이야기 하며 우리도 그렇게 살겠다.
 · 가정의 행복을 기원하는 기도문 인기
* 로마에서 교황은 신드롬에 가깝다.
 · 가난한 사람 가난한 교회 좋아한다.

* 소외계층에 관심―비나치오 암환자에 입맞춤

　· 자신감 회복 기적 일으킴

* 미 시사주간지 올해의 인물로 선정, 아르헨티나 부에노스에서 생활

　· 교황투어 학교, 집, 성당, 이발소, 교통수단, 단칸방, 아파트 등

　· 무신론자―종교가 무엇인가?

* 교황 즉위식 때 가난한 자를 불러라 실천

　· 교회는 사람들 속으로 들어가야 한다.

　· 젊은이들에게 문제를 일으켜라.

* 바티칸은행 처음으로 공개하고 예산 투명하게 관리하도록 조치―바티칸 개혁에 마피아 반발

* 바티칸 개혁뿐 아니라 사회참여 요구―자본주의 모순 비판

* 바티칸의 변화 개혁은 시대 흐름이다.

* 교황의 소명은 바로 '종'이 되는 것이다.―즉위 일 년 세계가 주목

* 교황은 성서와 현실을 두루 아시는 분이다.―교황청 사비오 혼 대주교

□ **문한림** 신부-아르헨에서 40년간 활동

* 가난한 자 상대 실천―대 주교 선정―염수정 주교

* 국적 타종교는 문제되지 않음

* 교황 때문에 교회에 대해 종교에 대해 다시 생각하는 계기가 되었다.

* 교황임기 끝나게 되면 빈 몸으로 돌아올 것이다.

* 6월 염수정 추기경 서임식 때 주문― '차별받고 있는 자를 위해 기

도하라. 저는 한국을 사랑합니다' 라고.

- **가난한 교회의 모습**
  * 인민의 아편이 아니다.
  * 교회는 부자편이 아니다. ―가난한 교회의 모습
  * 한국교회 중산층화 ― 더 가난해져야 한다.
    · 교황청 소속 우루바노대학 트레비 시을 총장 신부
  * 더구나 유교 불교 등 지적으로 수준 높은 이웃 종교들과 대화할
    수 있어야 한다.

* 교황은 구제받지 않는 자본주의를 새로운 독재라고 이름 붙였다.
* 아시아에서도 유행하는 신자유주의 풍조에 가톨릭은 어떻게 대응
  할 것인가?―국가 권력에 가톨릭은 어떻게 대응할 것인가?
* 지구상 유일한 분단국가인 한반도에 어떻게 평화 메시지를 전할 것
  인가?

- **로마에 순례 온 독일 청년에게**
  * 인터넷이나 스마트 폰, TV에 시간 낭비하지 마라.
  * 우리의 삶은 시간으로 이루어져 있고 시간은 신이 준 선물이니
    선하고 유익한 일에 써야 한다.
  * 이런 활동이 삶을 단순화 하고 개선하기도 하지만 무엇이 정말
    중요한 것에 대한 관심을 빼앗아 간다고 지적.
  * 인터넷이 전선이 아닌 사람들의 관계망이 되려면 초고속 디지털
    소셜미디어 세상에도 평온과 숙고 유연함이 필요하다고 경고.

〈종교, 종교인〉
OH MY GOD - TVN

□ 당신은 지켰습니까?

—인명진 목사, 홍창진 신부, 법현 스님 MC : 고성국

* 상호간의 오해는 이해로 풀어라.
  · 마음이 좋으면 모두가 좋아 보이고 미워지면 모두가 미워 보인다.
* 신호등
  · 법이 존재하는 한 지키는 것이 좋다.
  · '재수 없어 신호 위반 걸렸다' 라고 하는 세상이…
* 소년원 : 재수 없이 걸려왔다고 대부분 대답한다. 비정상을 정상으로 생각하기 때문.
* 재수가 없다는 소리는 사회가 불공평하다는 표현이다.—인 목사
* 남의 잘잘못을 따지기 전에 나의 잘잘못을 슬기로 다스려라.
* 큰 도둑은 잘사는데 작은 도둑은 못사는 세상이다.—신부님
* 태풍의 눈
  · 민중이 깨어나고 자각하고 위에서 깨어나야 하나 현세는 어려운 형상이다.—스님
* 기본회복, 사람 중심 발전, 의식 선진화 되어야—목사
* 빨리 빨리 문화는
  · 전 국민이 '내 책임이다' 라고 전환해야—목사
  · 천천히 생각하고 말하고 행동해야—스님

· 우리가 돌아갈 곳이 어딘가?—신부

　우리가 꿈꾼 것이 무엇인가? 우리가 무엇을 위해 왔나?

＊ 결언 기본에 충실하여 일류국가로 나가야 한다.

＊ 위에서 내리는 문화가 아닌 밑에서 올라가는 통합문화가 되어야 물
　질만능주의, 황금만능주의가 아닌 밑바닥 인생도 성공하는 시대가
　되었다는 그런 사회가 되어야!—인 목사

☐ 행복하십니까?

＊ 새벽기도가 하나님과 대화시간이다.—목사

＊ 세상에 절대자는 없다.—스님

＊ 조급함을 떨치고 기다려라.—신부

＊ 이상은 이상일 뿐 자신을 낮추어라. 젊음은 도전이다.—목사

＊ 둘이 사는 사이 공허함은 혼자일 때 고독보다 더 무섭다.—목사

＊ 화를 내기보다는 과거를 표현한다.—신부

＊ 외모에 관심은 두되 욕심은 금물

＊ 눈에 띄는 가치는 발전하고 보이지 않는 가치는 뒷전이다.

＊ 타인의 평가를 벗어나 나 자신 존귀한 존재로 나를 탓하지 마라.

＊ 외모에 힘쓰지 말고 내 모습을 들여다보라.

＊ 성형은 보지 말고 마음이 중요하다. 당신의 아름다움은 무엇인가?

□ 나는 누구인가? 개성이 사라졌다.

━ 인명진 목사, 홍창진 신부, 월호 스님, MC 고성국, 가수 김소정

* 삭발 자체가 개성이다.─스님
* 세속인과 함께 하려면 개성이 있어야─목사
* 개성 있게 살려고 신부가 되었다.─신부
* 21세기 대한민국 국민은 몰지성으로 살아가고 있다.─고MC
* 외국인이 볼 때 한국인은 똑 같다(단일민족이라).─목사
* 성형수술 요구에 브레이크 못 건다.─성형외과의사
* 민들레는 장미를 부러워하지 않는다.
* 외모 몰개성보다 정신적 몰개성이 걱정된다.─목사
  · 가치관, 적성, 자기 개발 몰골상태, 종교도 개성 못 살리고 있다.
* 서태지 '하여가' '난 몰라요' 등 자기 개성 살려 성공.
  · 자기 개발 인정 굴하지 않았던 정신으로
* 사회정의를 바로 세우려는 사람이 개성파다.
* 개성대로 사는 것이 역사발전에 기여하지만 자기희생이 필요하다.─목사
* 제일 잘 하는 것이 무엇이냐 물으면 대답할 것이 없다.─방청객
* 평범한 것 그 자체가 개성이다.─목사
* 재주가 많으면 밥 굶는다.─스님
* 부모님이 자식에게 딴 짓마라, 공부해라.─개성상실
* **MC 김소정 가수**─카이스트 졸업 후 개성 살려 가수로 변신, 하고 싶어서 했다.─댄스가수
* 개성은 교육으로 안 된다.─스님

* 안정성을 포기하고 개성에 매진하면 안정성이 찾아온다.
  · 삼재—물, 불, 바람

□ 꿈을 가져라!

* 나만을 위한 단 한 가지를 가져라! 하고픈 일을 해라.

* 도전한 것만큼 중요한 것은 도전 횟수이다.

* 백만분의 일이라도 생각하고 노력하라.

* 영혼이 없는 강아지는 강아지 일뿐이다. 개를 위한 생각의 전환이
  필요하다.

* 잡히지 않는 꿈에 너무 시간투자하지 마라.

* 제2의 구직보다 제2의 인생에 신경 써라. 작아도 베풀고 살아.

* 기독교는 사랑, 불교는 지혜, 슬기, 깨달음

* 결혼하려면 해라. 그러나 못살겠으면 헤어져라!—목사

* 세속에 사는 한 안전한 것은 없다. 관계가 스트레스 원인이다. 가장
  힘든 것이 인간관계이다.

* 인연의 시작은 고통이다. 사람이 해방감이 지나면 사람에 대한 동
  경심이 생긴다.

* 인간관계에서 사람으로부터 행복이 나온다. 나에서의 숨은 '나'의
  의미를 알아라.

* 조폭과 신부의 같은 점 5가지
  ① 검정옷 입는다.
  ② 보스에 복종한다.

③ 선후배 관계가 분명하다.

④ 나 홀로 관계가 확실하다.

⑤ 식당에 가면 밥값 안낸다.

＊ 무소유는 스님이 가는 길, 무소유는 스님, 유소유는 신자들!

＊ 신부는 정규직, 스님은 은퇴 없다, 목사는 비정규직

＊ 종교의 돈은 자유, 세속의 돈은 불안

＊ 하나님께 다 아는 것은 깨달음

　기독교 신앙의 일부는 돈이다. ─현금카드로 헌금결재

＊ 신부가 신자에게 돈 떼이면 건강 잃고, 신자 잃고, 돈 잃고

＊ 배고픔과 돈 고픔

　· 적성을 따지는 것은 사치이다.

　· 돈보다 행복한 직업을 찾아라.

　· 꿈을 가져라. 적성을 찾아라.

　· 하고 싶다를 하고 싶은 걸로 바꾸어야 한다. ─신부

　· 세상을 이루는 것이 행복이다.

한국, 한국인

남민우, 정희선, 유영찬, 박진영, 김청자
임권택, 채 령, 이민재, 윤 기, (고)황병기

〈한국, 한국인〉 KBS TV / MC : 정용실 아나운서

☐ **남민우** 국가청년위원회 위원장

* 사훈 : 하고자 하는 자는 방법을 연구하고 하기 싫어하는 자는 핑계
  를 찾는다.
* 고급인력 활성화는 청년창업에서 나온다.
* 창업에 대한 생태계를 바꾸어야 한다.ㅡ큰나무 펀딩기업을 활용
* 생계형 창업보다 기업형 창업을 격려하고 있다. 나라를 먹여 살릴
  수 있는 기업형 창업이어야 한다.
* 실패에 대한 두려움 없이 승부사적 기질을 가져야 한다.
* 연습보다 실전에 강해야 한다.
* 창업이란 도전이다. 무에서 유를 찾아야 한다.
* 세상과 타협하지 않는 돌파력이 있어야 한다.
* 노력하고 학습하고 세상의 변화를 알아야 한다.
* 사회 기득권 장벽에서 어려움이 있더라도 도전해야만 이룰 수 있으
  니 경쟁력을 찾아 시작하고 인생의 경쟁력에서 이겨라!
* 한국의 청년들이여! 도전해라!

☐ **정희선** 국과원 원장(숙대 약대, 대학원 박사, 충남대 범죄분석 과학원장)

* 아시아 최초, 세계최초 범죄분석 여성과학자, 최고의 자부심 가짐.
* 60억분의 1 유전자 감식능력ㅡ대한민국을 넘어 최초에서 최고로

* 범인이 지나간 뒤에는 흔적이 남는다.
* 진실을 밝히는 과학의 힘—현 세계 독성학회장(법의학, 유전자법 심리)
* 드라마는 한 시간이지만 범죄 흔적은 시간 지나도 찾아낸다.
* 첫 업무—비커 닦기, 최고의 기술 요함
  싫은 업무—커피 대접

- **직장에선**
  * 가짜 꿀 분석 성공(첫 업무)
  * 마약 검사 확립—최초 마약모발 검사법 개발(동남아 수출)
  * 해결하겠다는 의지로 사건, 사고와의 싸움
  * 미제로 남는 사건을 과학수사로 찾아 해결했을 때 보람 느낀다.
  * 진실을 밝히겠다는 마음이 수사사건 해결하는 지름길이다. 감
    정개입하지 않고 이성으로 접근하는 것이 직업윤리이다.
  * 범죄사실 입증하여 법정 증언도 한다. 억울한 사람 증거 해결시
    보람 느낀다.

□ **남편 유영찬** 국과수 소장 출신
아직도 어려운 직장 상사 기분—과학수사 의논, 여식도 법의학 관심.
영국 엘리자베스 여왕께서 주는 영국 최고 지휘관 훈장 수상.

* 법 과학—사건해결—국민안전해결
* 과학수사 꿈을 꾸는 학생 편지가 가장 소중하여 보관하고 있음.
* 누군가를 도와주면서 즐거움을 주고 다른 사람에게 꿈을 주어라.
  후진양성에 최선 다하겠다.

* 국민의 안전에 투자가 부족하다.

* 과학수사 박물관 만드는 게 꿈, 체험학습 시키고 싶다.

* 과학수사란? — 내 인생의 전부

* 자부심은? — 자신의 능력을 믿고 당당하게 행동하는 것

　　　—MC 강용실 : 인내와 자부심과 싸워, 이게 진정 자부심인가?

☐ **박진영** 박사—『목수의 인문학』 저자 (KBS 라디오, 4. 25)

* 베이징 중국사회 과학원에서 신화학(한국) 전공

* 한국 신화와 만주의 신화—동일한 문화권에서 삶의 근원이 비슷하다.

* 만들고 땀 흘리는 것을 좋아해 가구 목공을 택했다. 책보고 쓰는 것보다 나무가공 가구 만드는 일이 더 재미있다. 노력한 만큼 결과가 나온다.

* 춘재는 빨리 자라지만 무르고, 추재는 더디지만 단단하다. 사람들은 빨리 자라기 원하지만 나무는 천천히 자라 목재로 쓰인다.

* 나무는 자연에서, 나무 가공하는 도구는 금속, 어울려야 작품이 나온다(노자사랑, 노자사상이 나온다).

* 정신적으로 성장하려면 자기 자신을 다듬는 것을 배워야 한다.

* 나는 조각하는 것이 아니라 필요 없는 돌을 골라내는 것이다.—미켈란젤로

* 흐르는 물은 구덩이 채우지 않고는 흘러갈 수 없다. 사람은 과정을 밟지 않고는 더 나아갈 수 없다.

* 나무의 옹이도 인간의 잘못과 같다.

□ 김청자 성악가 (KBS TV 14년, 11. 9)

* 한국 최초 유럽오페라 공연
* 성공한 사람은 감사할 것이 많다. 그 감사함을 모르면 성공한 사람이라 말할 수 없다.
* 아프리카 말라이공화국에서 봉사활동, 음악을 취미로 하지 않고 전문으로 가르친다. 희망을 노래하고 함께 한다.
* 60세에 내 인생을 돌아보니 너무 감사의 생활이었다. 안식년 미국, 유럽에서 기회 못 찾고 아프리카 가서 가슴속으로 뛰어든 아이들 보고 돌아와 방학 때마다 방문—퇴임 후 자택 2억에 팔아 돕기 시작.
* 이후 김청자의 아프리카 사랑 후원자 4000여명이 후원 계속
* 안락하고 안전된 삶, 60세에 뒤돌아보고 말라이 고아 돕기로, 백조의 호수 아닌 흑조의 호수라고, 열악한 유스센타 개조, 체육시설, 우물파기, 미술공부 등, 말라이 카롱카의 엄마로.
* 삶을 행복하게 하자(슬로건)—꿈은 성당, 학교, 병원설립, 뮤직센터 설립하면 아이들 스승이자 엄마가 되고 싶다.
   · 받은 만큼 돌려주라.(신조)
   · 가장 힘든 것은 인간의 외로움이다.

* 커나온 과정
   · 성당에서 피아노 독학, 내일은 더 좋아질 거야 하고 소망
   · 야속하게 피아노 연주 막은 음악선생 서운했었다.(고교 때)
* 이귀자 이대음대 교수—빵집에서 사사(신부님 소개로)
   독일 간호조무사로 근무 중 독일음대 교수 만나 대학 입학, 대학원

진학하여 프리마돈나로 오페라 등단, 공연성공.

* 내려놓음으로 풍요로운 삶
* 가족을 위해 신부님이 귀국 요청—1972년 귀국하여 중대, 연대 성악과 교수
* 생활수단으로 활동하는 게 후회되어 안전된 삶을 내려놓고 유럽복귀
* 두 번의 결혼, 두 번 이혼—첫째는 애를 갖지 않아, 둘째는 한국 귀화 반대하여(독일인)
* 독일인과 결혼한 사이 아들 탄생—아들 재즈 전공하여 나를 도와주고 있다.(아프리카에서 봉사활동)
* 카롱가 아이들 한국소재 음대 유학—카롱가에 음대 설립 목표

  믿음 · 사랑 · 열정 · 봉사
* 시간, 재능, 물질을 소진하고 세상을 떠나고 싶다.—김청자의 아프리카 사랑 저술
* 버는 것보다 쓰는 것에 더 집중하고 있다.—더 잘 쓰려고 노력
* 아이들에게 꿈, 미래 열어주니 나의 전성기를 살고 있는 것 같다.
* 물질 많아도 부족함 느끼는 자 많다. 받는 만큼 돌려주어라!—MC 정용실 아나운서

□ **임권택** 영화감독

* 영화계 시행착오의 대명사—나는 거짓말을 하지 않는다. 영화는 유혹이 많다.
* 멀리보아 진실로 가는 소재를 가지고 해야 한다. 할 줄 아는 게 영

화밖에 없다. 평생 영화만 하여 왔다.

* 김훈의 사랑은 심리적 갈등과 심리적 쏠림을 쓴 소설, 102번째 작품
* 손자는 아무 생각 없이 보아야 한다.

□ 아내 채 령(배우) / 임권택

* 한국적 문화를 중심으로 영화를 만들고 싶고 영화를 가지고 사회를 밝고 건강하게 하고 싶다.
* 영화는 사회의 밝고 깨끗한 면을 보여줘야지 어둡고 지저분한 면을 보여주면 안 된다.

□ 이민재 여성경제인 협회회장(8. 31)-1971년 발족, 전국 회원 2300여명

* 1944년 충남에서 탄생, 서울여상 졸, 2013년 회장 취임
* 아줌마의 힘, 경제의 중심에 서다. 여성기업 제품 공공기관에서 사용토록 법 개정.
* 여성창업지원센터 운영 및 여대생 취업 멘토링, 여성 가장 및 미혼모 위한 창업자금 지원.
* 여성경영인이란 사업등록하고 종업원 1인 이상인 자
* 원자재 수입(오퍼상)
* 특수용지 영국에서 수입(문방구 색종이, 편지지, 수표용지 등)—수표용지 전량 조폐공사 독점 납품(한국 agent로)
* 거래처 영업방식—직원, 거래처, 주위 졸업, 취업, 생일 등 납품업체 직접방문

* 쉬기에서 찾아낸 도전의식—남성중심 높은 벽 허물다.
* 내가 해야 한다고 생각하는 것, 여성이 해야 한다고 생각하는 것, 해야 한다 각오하고 활동.
* 가사일 도와주지 않는 남편, 여성이 마땅히 해야 한다고 생각, 사회 활동 후엔 집안일 하지 말라고 만류
* 남편 사업만류—시간 지나면서 철의 여인 별칭, 이쁠 땐 그레이스 켈리라 부름.
* 여성기업 해외개척에 역점, 무역업 교육, 여성 트래드클럽 지원

* **여성 기업인에게 일곱 메시지**
  ① 정직하라.　　　② 최선을 다하라.
  ③ 불가능은 없다.　④ 아이디어 개발하라.
  ⑤ 여성특유 겸손으로 상대 설득하라.
  ⑥ 항상 처음 할 말 먼저 생각하여 상대 설득하라.
  ⑦ 시사에 소홀하지 마라.
* 건강유지 할 때까지 사업은 계속할 것이다. 남은 인생 남북관련에 전력하겠다.
* 일은 나의 생명이다.
* 정직, 성실, 겸손, 부드러움, 리더십으로 승부한다. —MC 정용실 아나

□ **윤 기** 숭실복지재단 회장(KBS 2014. 2. 16)

* 3대에 이은 이웃사랑, CEO, 복지는 문화다.
* 인간의 본성은 고향으로 가는 것이 원이다. 일본에 고향의집 건립,

고향의 집을 통해 봉사를 실천하고 있다. 한국인은 마지막에 김치를 찾고 일본인은 우메보시를 찾는다.

* 목포 공생원 창설(부모님) : 어머니는 일본인, 68년도 목포시민장으로 장례 치름
* 목포 공생원 1928년 문을 연뒤 3700여명 원생배출
  1대 윤치호(거지대장), 2대 윤학자(모친), 3대 윤 기(회장)
* 사랑이 있는 한 인간의 내일은 걱정 없다.
* 『어머니는 바보야』 저자─여자는 약하다. 그러나 어머니는 강하다.
* 고아들─우리를 키워준 어머니 고향 가요에 감동
  일본 가서 일본인과 결혼
* 진실한 인간애를 갖고 대화를 나누면 부정적 사람보다 긍정적 사람이 많다.
* 우울증에 걸린 아내를 위해 일본행 결심하여 일본에도 양로원 설립
* 그 마음을 헤아려 만들어진 양로원 일본 사카이에 재일동포 위한 고향의 집 설립─새로운 사랑실천
* 고향을 그리워했던 어머니를 떠올리며 재일동포 노인을 위한 양로원 건립, 정서와 문화가 통해야 진정한 안식처
* 수많은 어려움을 이겨갈 수 있는 사람을 후계자로 선정 예정

□ (고) **황병기** 교수(가야금 연주, 작곡가, 호암예술상 수상)─KBS 9. 6

* 1936년 출생, 서울법대 졸, 중 3때 피난시절 가야금 시작.
* 가야금 연주는 신비로운 동양화를 감상하는 것 같아 매료됨.

＊ 가을은 음악의 계절, 가야금의 계절이다.

＊ 대표곡— '침향무' : 신라시대로 들어가 신라인이 되어 신라불교 예술 감각을 음악적 기교로 창작.

＊ '미궁' —1975년 화제작, 경이적, 전자오르간으로 연주하는 느낌. 미궁은 인간의 삶을 다룬 종교음악이다. 사람은 문화 속에서 산다.

＊ 새로운 말, 문화에 인간은 두려움을 느낀다.

＊ 작품구상—2년 이상, 작곡은 2주면 된다. 매 작품마다 새로운 세계를 만들어야. (계속)

황금강의

박경철, 박범신, 노동일, 조너선 하이티
임향자, 이민화, 김현우, 서태지, 이시형
포리토웹, 이어령

□ **박경철** 의사

1. 사실을 넘어 진실을 보다(2015. 3. 3. KBS)

* 사실을 넘어 맥락을 넘어 진실을 보는 것, 비판적 능력을 갖는 것
  이 지식인이다.
* 수많은 사실을 보고 진실을 발견하는 사찰은 통찰력을 가지고
  있다고 한다.

2. 통찰력을 키우는 방법

* 경험, 체험을 바탕으로 관찰하고 진실을 발견하는 힘을 기른다.
  ① 참여하는 체험—수동적 자동적으로 체험
  ② 겪는 체험—상황과 상황에 따라 체험
* 인식과 관찰—독서, 영화, 드라마 등 객관적으로 지켜보는 것
  다양한 체험을 통해 경험을 쌓는다.
  사색으로 경험과 체험으로 연결한다.
  생각의 끝에 본질의 끝을 이해한다.
  생각을 하더라도 행동과 경험에 반영한다.

3. 행동에 반영 안 되면 관념적

생각하는 것 행동되면 체험적이다.

* 생각하면, 인식하면 행동해야 한다. 축적되면 습관이 되고 태도
  가 된다.
* 생각하면 달라져야 하고 달라져야 미래를 볼 수 있다.
* 나는 이제 연장을 들고 집으로 가는 것은 피곤하고 일이 끝남이
  아니라 해가 졌기 때문이다.

* 생각의 끝이 어딜까? 불꽃 튀는 경험이다.
* 인간이 의지를 가지면 안 되는 것이 없다.─여건이 형성 되어야
* 아모로 파티─나의 숙명은 사랑이다. 운명을 받아들이던가, 어려운 환경을 극복하는 의지를 가져라. 고통을 딛고 일어서는 것이 나를 일으키는 것이다.
* 땅에 떨어진 새는 바람을 기대한다. 기도한다고 달라진 것은 없다.
* 딛고 일어서는 모습을 보고 싶은 것이 또한 기성세대다.

□ **박범신** 소설가

지난 작품을 극복하려고 노력한다.
* 지난 소설을 이겨내고 자기 갱신을 해야 한다.
* 자기 갱신 욕구─세상 쌓아가는 시금석으로 살아가야.

* **소설 『소금』**
  · 강경 일대를 중심으로 아버지의 뼈아픈 이야기
  · 자본주의 폭력성 고발하려고
  · 소비에 바이러스화 되버렸다.
  · 늙어가는 아버지의 반란
  · 깊은 밤 자식들의 얼굴 보면 세상에 모든 감동, 희망, 감정이 그 애들한테 있었다.
  · 애들은 학교 들어가면서부터 자본주의한테 빼앗겨 버렸다.
  · 소비문화에 인간은 탈바꿈해 버린다.

* 산문집 『맘 먹은대로 살아요』— 시집간 딸한테 선물
  · 너는 마음 먹은 대로 살아라.

* 내가 다시 태어난다면
  · 나는 다시 소설가가 되지 않겠다.
  · 나는 아버지가 되지 않겠다.
  · 나는 혼자 살아가겠다.

* 결혼이란
  · 사랑을 담는 그릇이라 생각 않는다. 사회적 제도일 뿐이다.
  · 시간이 갈수록 사랑을 까먹고 살고 있다.
  · 연애지상주의—그냥 연애하면서 살아가는 그런…

* 세월호 침몰로 일 년 반 정도 작업 못했다.
  · 인간은 어차피 죽음이 결정되어 있고 탄생 이전부터 예견되어
    있다.
  · 겨우 나는 70이다.

* 청년세대에게
  · 아프니까 청춘이다. 이기니까 청춘이다. 이겨낼 힘을 가져라!
  · 은퇴 생각 버려라. 인생을 시작할 절호의 찬스다. 자신의 길을
    찾아라. 자기갱신 길에 들어서면 노소 차이 없다.

□ **노동일** 교수—KBS 라디오 '공감토론' 진행(3. 3)

* 열린 토론에서 공감토론으로, 소통 사회로
* 공감은 상대를 춤추게 한다.
 · 공감의 시대 상대의 말에 귀 기울여 주어야 한다.
 · 재미있다고 느끼는 것이 공감의 표현이다.
 · 공정할 뿐 아니라 공정해야 한다.—프로진행에
 · 부드럽고 유머 있어야 공감이 형성된다.
 · 잘 해야지 잘 가르쳐야 하지 하지만 어렵다.

□ **조너선 하이트** 심리학자, 『바른 마음』 저자

* 태극 문양 음양의 조화처럼 좌우파는 서로를 보완해야
* 무상급식, 세월호 침몰 싸고 한국의 이념대립 심각한건 민주주의
 선 재난에 가까운 일.
* 중도적인 인물 선출되도록 정치시스템 개편하고 개인도 '내가 늘
 옳다' 는 확신 갖도록 노력해야.
* 진보와 보수는 왜 그리 서로 못 잡아먹어서 안달일까?
 · 좌우가 공존할 때 좀 더 의미 있는 삶을 살 수 있을 것이다.

□ **임향자** 화순산, 삼성전자 여성 1호 상무, 입사 28년차

* 아부지 내가 알아서 할께!—약속지킴
* 나의 신조 = 공부하고 싶다, 저걸 알아야겠다.
* 노력에는 보상이 있는 것 같다. 나는 무엇이 되기 위해 노력하는가?

＊ 중학생 강의—내가 여러분의 30년 후 미래라 생각하면 된다.

　　　　　미래타임머신을 타고 왔다고 생각하세요!

　　　　　여러분 30년 후 모습을 생각해 보세요.

　　　　　여러분 모두 훌륭하게 성장하리라 믿습니다.

　　　　　　　　　　　　　—KBS 라디오 출연

☐ 이민화 교수 KBS1 TV 明見萬里, 3. 26

＊ 내 것이라는 개념이 많은 문제점을 가지고 있다.

＊ 공유를 통해 경쟁력이 생긴다.—중국

＊ 한국은 칸막이에 빠져 있다. 칸막이를 제거한 미국, 재도약 계기
　가 됨.

＊ 혁신을 통해 창조로 연결해야 한다.

＊ 무엇을 믿고 공개해야 하나? 신뢰문화가 문제이다.

＊ 일본과 실리콘밸리의 차이는 문화다.

　・ 신뢰와 반복되는 것에서 혁신이 된다.

＊ 내 것을 우리 것으로 만드는 문화.

＊ 현재를 부정해선 안 된다(성장 동력). 그러나 패러다임이 변해야 한다.

＊ 개방과 공유를 통해서 함께 할 수 있는 문화. 개방은 공유를 통해서
　이루어진다.

☐ 김현우 구글 상무—개발과 공유(KBS TV 3. 26)

＊ 가수 서태지는 공유를 이야기 했다.

＊ 개발과 공유가 활발할 때 혁신이 이루어진다.

＊ 현재시대 종말은 창조시대이고 그 바탕에 공유가 있다.

＊ 지구상에서 제일 먼저 사라질 나라 바로 이곳 대한민국이다. 청년이 사라지는 나라 얼마나 버틸 수 있을까?

- **대한민국, 청년이 미래다.(KBS TV 3. 27)**
  ＊ 새로운 것을 두려워 않고 새로운 것을 찾아야 한다.
  ＊ 상상이 현실이 되는 것이 창작이다.
  ＊ 새로운 아이디어 나오면 그대로 제작해본다. 말도 안 되는 것에서 빵 터진다. '이런 것이면 쓰겠어?' 하는데서 출발.
  ＊ 기술도 지식도 아닌 상상력이다. 상상력은 전부 구현할 수 있다.
  ＊ 아이디어는 단초 시작이다. 반복실험, 데이터이용, 기술 완성시켜 나간다.

- **세상을 바꾸는 편리한 기술 조그만 아이디어에서 출발한다.**
  ＊ 남들이 안하는 일을 해야 하고 국가 전략도 바꾸어져야 한다.
  ＊ 훌륭한 재료로, 훌륭한 기획으로 아이디어 개발해 만들어 가면서 새로 도전해야 한다.

  □ **포리토웹**

＊ 질문이 오면 빨리 답이 오고 간다.—세계 각국 동시통역시대.

＊ 번역시장 틈새—새로운 영역, 세계적 번역시장 170개국

＊ 선진국을 쫓았으나 지금은 쫓아오는 사람들한테 대처해야 하는 시대가 되었다.

＊ 대한민국 상상캠프—상상력에 아이디어 더하면 창작 콘텐츠가 되

며 이것이 대한민국의 미래다.

* 미친 짓을 공유해야 기발한 착상 아이디어가 나온다.

□ 이시형 박사 + 이희수 『인생내공』에서

* 인간은 자기 말에 세뇌되는 동물이다. 긍정적, 전향적, 희망에 찬 말을 하면 뇌도 그런 방향으로 움직인다.
* 자꾸 반복하면 무의식 깊이 그 말이 각인되어 뇌의 자동 유도장치에 따라 그 방향으로 가게 된다.
* 학자들은 연령이 있다고 믿는다 합니다. 우리가 온종일 한 말을 한마디도 빠지지 않고 듣는 사람이 있습니다. 바로 우리 자신입니다.
* 무심코 내뱉는 말도 무의식속에 침투돼 알게 모르게 우리에게 큰 영향을 미칩니다.

□ 이어령 전 문화부 장관

① 군사력, 칼 ― 군함
② 경제력, 돈 ― 상선
③ 문화력, 말 ― 유람선

1. 이어령 학당—영인 문학관 운영

① 신도 언어의 힘은 마음대로 못한다.
② 말은 씨앗이다. 어떤 땅에 뿌려지냐에 따라 백배 육십 배 삼십 배로 피어나 씨앗을 맺는다.
③ 세상에 모든 것이 다 사라져도 언어의 유산은 남는다.

④ 신체의 주요부분은 모두 외자이다. 이, 귀, 눈, 입, 코 등.

* 말의 폭력이 무섭고, 또 유행하고 있다. 즉 막말을 사용하고 있다. 말은 사람을 살릴 수도 있고 죽일 수도 있다. 우리가 막 살아갈 수 없듯이 막말을 해서는 안 된다.
* 꾼들이여! 판을 깨지 마라. 판문화가 발전해야 건전한 사회가 만들어진다. 꾼들이 모여 판이 이루어져 사회가 발전한다. 소리꾼이 모여 판소리가 만들어지듯이!
* 말(horse)로 유명해진 사람은 칭기즈칸과 싸이 뿐이다.

2. 인생이란? — KBS 일요대담
* 고통이 자본이 되고 눈물이 자본이 되는 세상이 되어야 한다.
* 나는 영원히 목이 마르다. 목을 적시기 위해 노력해야 한다.
* 남들이 말하는 삶은 살지 말고 나를 위하는 삶을 살아라. —다양한 삶
* 이익을 주는 것은 좋아해도 사랑하지는 마라. —like, love
* 생명자체에 대한 믿음과 헌신, 이것이 생명의 법칙이다.
* 20세기는 불의 시대였고(기계적), 21세기는 물의 시대다(인공적).
* 우물물을 마시려고 파지 말고 우물물이 나오는지 확인 위해 우물을 파는 세상이 되어야 한다. 목적을 중시하지 말고 과정을 중시하는 세상이 되어야 한다.
* 숱한 파란과 수난의 한가운데서도 자신의 길을 가다듬어온 한국의 옷, 그 옷차림에는 찢기고 굶주리고 무너진 역사 속에서 피와 땀으로 얼룩진 민족의 기개가 결정되어 있는 것 같다. —이케다 다이시쿠 한복에서

□ 이어령 교수 '예술을 말하다' 에서(3. 8. SBS)

- **시대를 앞서간 영원한 창조의 아이콘,**
  늘 새로운 생각을 해야 하고 누구나 생각의 보석을 가지고 있다.
  * 소년기는 시침, 중년기는 분침, 노년기는 초침으로 시간이 간다.
  * 댓글 다는데 시간낭비 말고 사색하라.
  * 현실은 디지털시대, 생활은 아날로그로 하라.
  * 살아있지만 빚지고 살고 있다.

- **청주 문화 예술대회 개최위원장**
  * 젓가락 문화
    자연 전수된 문화―젓가락 사용 각종 대회로, 이벤트
    원과 각이 합쳐진 모순―아름답다
    젓가락으로 문화를 만들고 전통을 보고 싶다.
  * 아이 낳아서 기르고 싶은 청주 만들고 싶다.
  * 세계 중심축이 되려고, 자기중심의 문화 문명이 되려고 노력하
    는 사상 가진 한국인이 나와야 한다.

- **세상에 갑과 을은 모두의 것이다.**
  * 갑은 딱딱하고 을은 꼬부라져 있다.
  * 갑과 을은 대립 아닌 상생이다.
  * 갑, 을이 아닌 서양사상을 배워야 한다.
  * 서구적 발상을 아시아발상으로 접목시켜 아시아 중심으로 되어
    야 한다.
  * 색깔이 많아도 하나가 되는 다양성이 하나 되는 세상, 아시아 중

심이 된다.

- **끊임없는 아이디어는 오래 산 덕이다.**
  * 내가 한 것이 무엇이냐? 산 만큼 더해야 하는 것이 사람의 본연
    이다.
  * 똑똑한 젊은이들 인도할 멘토가 없다.
  * 행동은 내가 하는 것이다. 너를 가둔 고정관념을 깨라.
  * 단순한 지식이 아닌 방향을 제시해주고 싶다.
  * 청양의 羊에는 '선, 미, 의' 즉 '착할 선, 아름다울 미, 옳을 의'
    가 들어 있다.—올해가 청양의 해
  * 서양에선 현실이지만 동양에선 문화다.

- **마음의 고향 HOUSE를 HOME으로,**
  행복, 사랑, 따스함이 있는 풍성한 가정, 집안이 되길 소망한다.
  — 문화로 하나 되는 풍성한 세상이 되어라!
  * 진·선·미에서 '선' 만 알고 자기 아닌 온가족 생각하는 양의 해
    가 되길 바란다.

□ **현대 사회의 모순** / 이어령 교수

* 경쟁은 필요한 것이다. 강자가 약자를 비도덕적으로 행하기 때문에
  문제가 생긴다. 경쟁으로 인하여 윤리가 무너져 사회적 문제가 생
  긴다.
* 명예보다 돈을 최고라고 생각하기 때문이다.
* 모두가 피해자가 된다. 해결되지 않는 가치관이다.

□ **이승건** 치과의사, 모바일다크호스(치과의사 포기)

- **TO LIVE, TO LIVE WELL, TO LIVE BETTER!**
  일일신 우일신 : 날마다 새롭게, 또 그날을 새롭게 하라.
  * 돈, 유명세, 권력, 욕망—꿈을 통해 이루고 얻어야 한다.
  * 진심어린 조언, 걱정을 듣게 된다.—방향을 잘 찾았다고, 그러나
    전공 치과의 그만두니 지지한 사람 없었다.
  * 꿈을 통해 꿈을 꾸고 꿈을 이룬다는 생각할 때 행복한 것이다.
  * 세상을 혁신하는 꿈을 이룬다는 게 나의 꿈. 지속적으로 혁신하
    고 그 혁신을 유지하여 위험을 감수하며 나가는 기업목표 설정.

- **세상을 풍요롭게 만들어야 자신이 행복.**
  * 다른 사람에게 능력을 부여하는 기업가
  * 이런 영웅들은 돈을 찾지 않고 비전이 중요하다.—인재와 함께
    하는 것이 비전이다.
  * 꿈의 크기와 유연성이 있다면 투자자가 모여든다.

- **나는 미래 어떤 인간일까?**
  * 어떤 때 행복하고 불행한가를 알아야 자기 비전을 찾을 수 있다.
  * 주변사람들이 좋아하는 것은 좋아하는 사람들이 좋아하게 되
    어 있다.

- **행복해져야 된다. 그래야 동기가 부여된다.**
  * 그 꿈을 공감시킬 수 있는 힘, 그 힘이 꿈의 크기이다.
  * 이겨내고 꿈을 이룸. 하면 망하고, 하면 망하고가 공식으로 3번

이었고 비공식으로 9번이었다.

＊ 실제로 주위 부정적 이미지로 꿈을 이루어 냈다. ─ 용기가 이승
건을 성공시켰다.

＊ 더 많은 사람에게 그 공이 돌아가게 지금 하는 서비스를 더 확대
발전 시키겠다. ─ 14. 7. 13 YTN 팝콘에서

□ 정대영 경제연구소장

＊ 한국의 비정상은 큰 부조리와 비정상을 보지 못하고 작고 지엽적인
것에만 매달리고 있다.

□ 윤은기 박사

＊ 학습의 방법
① 긍정적으로, 창의적으로, 경쟁적으로
② 생각의 속도, 행동의 속도를 반 박자 빠르게
③ 국가는 공공 서비스 공간이지 관료주의가 아니다.
＊ 생각의 틀을 바꿔라.
① 생각의 크기를 바꿔라.
　　멀리 내다보아라. 세계 속의 한국을 생각하라.
　　국격을 높여라. 사석을 베풀면 사후가 열린다.
② 생각의 속도를 바꿔라.
　　환경변화 속도, 고객이 원하는 속도, 경쟁자가 움직이는 속도보
　　다 빨리 행동하라.

KBS 백도씨

김용택, 심계륜, 서주향, 오용석, 제주해녀, 박애리, 김의일
정명옥, 백종선, 최선자, 김기선, 조군운, 송혜정, 안미정
박근철, 시각장애인, 김웅룡, 최규일, 이승표

□ **김용택** 향토시인

사는 게 공부다—임실 장산리 거주

＊ 농사짓는 어머니, 못하는 게 없다. 살아가는 게 공부고 써 먹는 것
  배웠다.

＊ 농부는 삶이 공부였다. 자연소리에 순응하고 살으신 어머니, 소쩍
  새소리 농사 길흉 알 수 있다.—꾀꼬리 소리 듣고 참깨를 심는다.

＊ 나는 초등학교 선생 되기 전 읽은 책이 없었다.

  — 도스토예프스키, 톨스토이 전집을 읽고 책보기 시작했다.

＊ 어머니 말씀 모두 적었다. 어머니 말씀 모두가 시이다.—어머니께
  질문 녹음하고 받아쓰고 정리한다.

  —어머니 한글 터득시키다. 향년 92세, 투병 중

• **어머니 강조 3가지**

  ① 사람이 그러면 안 된다.(사람이 중요, 가치관)

  ② 남의 일 같지 않다.(관계에 대한 가치)

  ③ 싸워야 큰다.(단점을 개선해 나가고 상대를 살리기 위한 싸움)

＊ 부모님 평생 공부하라고 가르침.(2008년 교직 그만두다)

• **딸에게— '봄밤'**

  — 김수영 시인 작(서두르지 마라)

  ＊ 공부는 새로운 지식을 통해 생각과 행동을 바꾸고 생각과 행동
    이 바뀌면 세계는 바뀐다.

* 딸에게—서두르지 마라

* 공부는 받아들인다. 나무 하나 지정하여 나무에 대한 이야기 쓰고 쓰게 한다.

* 자연은 언제 보아도 완성되어 있다. 새롭다. 편하기 때문이다.

· 느티나무 세계 사시사철 항상 다르다.

· 공부는 받아들이는 힘을 키우는 것이고 받아들일 때 새로운 세계를 만들고 창조를 만든다.

* 공부는 받아들이는 것, 좋아하는 일 하나 찾으면 하루가 30시간으로 쓸 수 있다.

* 책을 안보면 늙고 경직되어 간다.(2015. 3. 21.)

□ **심계륜 의원께** - JTBC 토크에서 / 김용택

* 섬진강 시인이라 부르는 것 탐탁지 않으나 그래도 태어난 곳이라 자랑스럽다.

* 정치가 국민을 교육시키는 가장 확실한 것이다.

* 정치가 사회를 관리해야 한다.

* 바람을 알고 바람을 따라 정치하라.

• **어머니는 세상사는 이야기 전부 들을 필요 없다.**

* 어머니도 생각하는 삶이 필요하다.

* 나는 가까이서 불효자이고 싶다.

* 산업화와 이농으로 농촌 공동체 원형이 파괴되는 과정을 낱낱이 지켜보며 정신의 한 조각이 파괴되는 아픔을 느꼈다.(섬진강 이야기 출판회에서)

□ 서주향 어름사니—9세 시작 16년째 남사당에

(어름사니란 남사당패에서 줄을 타는 사람 가운데 우두머리)

* 남사당 풍물놀이 홍기철 제자, 우리나라 여성어름사니 2명뿐
* 아플 땐 아프다고 표현하는 것이 도움 된다.
* 두려움을 극복하는 것은 정면 돌파뿐이다. 바람 불고 비올 때 연습
* 관객과 소통할 수 있는 여유가 생겼다.
* 프랑스 공연 후 귀국하자 부친 별세—잊을 수 없다.
* 어름사니는 타고난 재능과 꾸준한 연습이 필요하다.
* 바람 공연에서 한 분이라도 웃고 즐기고 가게 하는 것.

□ 오용석 군—서울대 컴퓨터공학과 합격

* 수능 100일 전 아버지께 간이식—칭찬받을 일 아니다. 의무이다.
* 대입 1차 실패 후 두 번 실패 없다 마음먹고 공부—서울대 합격
* 아버지 수술실 들어갈 때 '잘되겠지' 하는 마음뿐이었다.
   · 내가 회복 시 너무 아파 참고 버티느라 발뒤꿈치 벗겨졌다.
* 아버지 회복 후 "고맙다, 고맙다, 고맙다"라고 만…
* 내 간 70% 떼어줌, 성공확률 4%, 아버지 성공, 직장 재취업.

□ 해녀—제주 자귀도

* 먹고살기 위해 악을 물면 욕심이 생겨 독하게 살아야 된다.
* 뼈가 부서져도 자식을 위해 물일을 해야 한다.

* 바다에서 죽을 사람은 바다에서 죽고, 집에서 죽을 사람은 집에서 죽지만 일은 해야 한다.

□ **박애리** 국악인-목포 출신, 전주대사습놀이 장원

* 어떤 힘든 일이 있더라도 기회는 놓치지 마라.
* 상상은 언젠가 현실이 된다.
  사람들 사이에 있는 것 부끄럽지 않게 살아야!
* 대학교 3학년 때 고음이 사라져 ① 탄산음료 끊기 ② 자극적인 음식 멀리하기 ③ 한여름에도 미지근한 물 마시기 하여 목소리 회복.
  낮은 음과 거친 음 다양하게 실현 가능해져 국립창극단 연습 계속.
* 바리공주 캐스팅-29년 꿈을 놓친 적이 없었다.(코러스로)
* 부정적인 생각은 부정만큼 늦어지고, 긍정적 생각일 때 긍정만큼 빨라진다.
* 지금은 나로 인해 행복을 느끼면 그걸로 만족한다.

□ **김의일** 초등교 교사

* 욕심의 노예에서 벗어나라. 욕심이 사람 잡는다.
* 주식 실패 후-기간제 교사 -임용교사-정식 재발령
* 잘 될 거야, 잘 될 수 있어, 적응력 키워
* 건강검진-위암판정-운동-채식-아침온수-2년 후 회복
* 보디빌더 일등-6년째 운동 건강완전 회복
* 욕심으로 화를 부를 수 있음을 깨달았다.

□ 정명옥 남편 교통사고로 뇌경색 — 식물인간

* 사랑 못 받고 자란남편, 정으로 생활—사과농사—2년 후 식물인간에서 깨어남, 지능 낮아지고 기억력 저하
* 다들 찾는 남편 보니까 남편 삶 헛되지 않음을 알았다.
* 온가족이 남편 간호에 열심이다.
* 내가 없으면 대문에서 기다리는 남편, 남편이 없으면 누가 나를 기다릴까?
* 내 곁에 오길 기다리는 남편, 나는 그래도 행복하다.
* 서로 사랑하며 남편 지키겠습니다. 사과꽃 피고 또 필 때까지 오래오래 내 곁에 있어주길 바래요!

□ 백종선 택시기사

* 살길은 있다. 행복은 스스로 찾아라.

□ 최선자 – 천원의 기적

* 천원의 밥상, 천원 백반집 운영, 광주 양동시장에서
* 최소한의 자존심을 살리는 금액, 전국으로 퍼지길…
* 항암 치료 중, 죽음은 두렵지 않다.
* 6개월 남은 인생을 불평보다는 만족으로 생을 마감하고 싶다.
* 2015년 3월 타계—양동시장 상인들 그대로 공동운영 중.

□ 김기선 은행 지점장 출신 택시기사

* 시선을 버려라, 나이를 버려라, 체면을 버려라.

□ 조군운 동양철학자, 경기대 교수

* 박근혜—안정적 대마형   * 시진핑—인내 포용형
* 오바마—외교역량발휘   * 안철수—절반성공
* 김정은—대인관계, 건강적신호 * 김한길—다사다난

□ 송혜정 장애인 스케이트 국가대표

* 이 세상에 가장 아름다운 모토는 인연이고 사랑이고 가족이다.
* 장애인 스케이트 교습강사—삶의 보람과 희망을 본다.
* 나 자신을 사랑하자. 그러나 실천하기는 어렵다.
* 나를 사랑하면 남도 나를 사랑한다. 있는 그대로 나를 사랑하면 남
  도 있는 그대로 나를 사랑한다.

□ 안미정 영어강사, 가수 아이돌—뉴스진행—영어강사로

* 새로운 꿈—영어전공 대학원 진학—학원 강사로 강의 중.
* 내 수업을 듣고 꿈을 이루어가고 있는 학생들을 보며 보람 느낀다.
* 마음의 소리를 듣고 보람을 느낀다.
* 인생의 길을 접하는 것이 강연이다.

□ 박근철 영어강사

* 동양권 문화는 정답문화이다.
* 마음이 달라지면 모든 게 달라진다.

□ 어느 시각장애인

* 시각을 잃기 전에는 돈만 생각했는데 시각장애인이 된 이후에는 어 떻게 하면 남을 도울까를 생각하고 생활한다.

□ 김웅룡 교수-천재소년으로 불림

* 힘들고 어려워도 내가 하고 싶은 일을 하면 그 속에서 보람을 느끼 고 천재꼬리표 떼고 천재 아닌 나로 살고 있다.
* 6세 때 한양대 입학, 10세 때 미국에서 대학원 졸업 후 NASA 취업
* 부친은 물리학 교수, 모친은 의대 교수.
* 충주대 토목공학과, 대학원졸업 후 취업.
* 세상에 평범한 것이 최상이고 하고 싶은 일 하는 것이 최상이다.

• KBS 아침대담 / 김웅룡 교수

* 능력보다 대학졸업장이 필요한 대한민국, 학벌이 중요한 나라
* 사람들의 눈을 피하기 위해 충주대학으로 입학.
* 초중고를 못 다녀 대학동아리 6개 가입하여 많은 친구 사귀었다.

* 대학원에서 아내 만나 이야기 잘 들어줘 10년 연애하고 결혼.

* 40대에 충북 개발원 창립멤버로 입사.

* 원리도 모르고 암기식 교육이 문제, 적당히 아는 지식 가르침, 보는 것만 가지고 가르치는 교육.

* 교수가 꿈이 아니라 사회에 보탬이 되는 교육을 시키고 싶다.

       a

   12 13 14—읽어보기 : 가로는 12 13 14로, 세로는abc로

       c

* 토목과 학생 300명, 20분에 암기.

* 누구나 힘들었던 평범한 생활로 회기하기 힘들었다.

• **평범한 오늘이 있어 행복하다.**

  * 봄바람처럼 부드럽고 강물처럼 유연한 교수님(학생 평)

  * 사회에 보탬되고 일정부분 담당하는 사회인을 교육시키고 싶다.

  * 나는 천재가 아니고 천재라고 말한 적 없다.

  * 기본을 지키고 평범한 사람노릇하고 사는 것이 나의 행복이다.

☐ **최규일** 시각장애인 골프선수, 과거 귀금속 가공 기술자

* 5년간 귀금속 가공 중 안구다발성 염증으로 양 눈 실명—희귀성 안과 질환

* 40세 고교졸업 후 조소작품으로 전남교육감상 수상—실명 후 골프 시작, 국제대회 3등.

* 방황과 좌절은 하나의 점일 뿐이다. 아들이 일본어 배워 서포터 해

주고 있다.

* 눈에 보는 것은 전부가 아니고 앞이 보일 때 깨닫지 못한 것을 깨닫고 있다.

* 하나뿐인 아들에게 자랑스러운 아빠가 되고 싶다.

□ **이승표** 참아야만 하는 어머니, 72세

* 요새 남자는 체면에만 얽매이고 사는지 이해할 수 없다.

* 생선장사 하루 50리길 머리에 이고 돌아다니며 장사―남편은 자전거로 장사

ME & ETC(세월호 관련, 시 외)

ME & 인산

ME & ETC 나 그리고 기타

처음 시작에서… 중간에… 망설이다 보니…
자료 모으기 시작한지 2년여(2013. 5월부터)
과거보다는 살아있는 현재에 초점 맞추어…
신문, 라디오, TV, 책에서…(교양, 인문, 경영, 종교) 등
이웃 블로그, E-mail에서 옮겨 쓰고 받아쓰고 읽고 하며…
분야별 체크, 모음하여 내 PC에 정리한지 몇 개월 만에…

＊ ME & ETC엔 888！
  ME엔 내가 느끼고 생각하고 쓰고 모아놓은 것을,
  ETC엔 시대적인 것들, 상식들, 잃어버린 것들을.
＊ 888 숫자는 888개의 자료 수집, 내 S/ Phone '할일' 에 입력한 마지
  막 모음 수.
＊ 2015년 8월 13일 의미 있는 날, 1000쪽 완성, 등장인물 1331인

여보와 당신

처음 함께한 날(결혼한 날에)

오늘은 내 남은 날 중에 가장 젊은 날이 될 듯합니다.
오늘은 내 남은 날 중에 가장 멋지고 예쁜 날이 될 듯합니다.
오늘은 내 남은 날 중에 가장 소중한 날로 기억하고 싶습니다.
오늘은 내 남은 날 중에 가장 소중한 당신만을 생각하겠습니다.

나 에게 있어야 할 당신

① 첫 번째는 당신입니다.

　지금처럼 사랑해 줄 수 있는 당신이 있었으면 좋겠습니다.

② 두 번째도 당신입니다.

　늘 내가 행복을 줄 수 있는 당신, 당신 행복이 내 행복이기 때문
에 그 행복을 위해 노력할 수 있게…

③ 세 번째도 역시 당신입니다.

　친구같이 편한 당신이 필요합니다.(옮겨온 글)

자꾸…?

* 나만 왜…(왜 그랬을까? 왜 이럴까?)
* 너무 아까워요, 넘치는 것들…
* 어느 날 문득…(뭐지, 뭐 했지, 뭐 하지)
* 내가 만약 …라면,
* …같아요.(확신이 없어서, 어정쩡한 표현?)
* 지금의 나는…(과거엔… 현재는… 미래엔…)

어느 날…

내가 한… 내가 하고 있는… 내가 할…

그냥……

언제, 어디서, 어떻게 대답할게 없다.

그때……
이제야 알듯 말듯, 내가 할 일을…… 깨어나라!

내가 보낸 연하장 일부

* 연은 바람에 맞서야
하늘로 날을 수 있습니다.
새로운 세기 어떤 어려움도 마다 않고
앞으로 앞으로 나아갈 것입니다.

* 섣달그믐
지는 해를 바라보니 아쉬움이…
하지만
내일은 내일의 해가 뜰 것입니다.
어려움의 두께만큼
새로 뜨는 해는 오늘보다 더 따스하겠지요.

* 배가 물살을 가르는 이유는
넓은 바다로 나아가기 위해서입니다.
내년에도 힘차게 물살을 가르며
넓은 바다로 향하는 배가 될 것입니다.

* 깃발은 바람이 불면 불수록
더욱 힘차게 펄럭입니다.

깃발은 바람의 방향이 바뀌어도
자신의 바탕에 새겨진 의미를 결코 소홀히 하지 않습니다.

＊ 어두운 터널 끝에는
어둠을 지우는 밝은 햇살이 기다리고 있습니다.
햇살 비추는 곳에 굵은 뿌리 내리고 굵은 나이테로 태어나겠습니다.

＊ 연초의 설레임은 멀어져 가고
연말의 아쉬움은 주위에 머물고 있습니다.
쌓아온 소중함들을 비상의 기회로 삼아
더 먼 곳으로 향할까 합니다.

＊ 태양이 떠오름은
희망의 상징인 듯합니다.
좋은 생각들이 붉은 태양처럼
알찬보람으로 승화되길 바랍니다.

＊ 질서는
모든 곳에 필요합니다.
모든 이의 바람이며
모든 이가 함께 누려야 할 가치이기도 합니다.

＊ 줄기는 모든 곳에 있습니다.
뿌리에 있듯이 나무에도 있습니다.

산에 있듯이 강에도 있습니다.
모든 삶은 줄기로 얽히고설켜
먼 미래를 위해 뻗어 나가겠지요?

PS : 연, 태양, 물살, 깃발, 햇살, 일출, 야외 객석의자, 물줄기 등 촬영,
사진 첨부하여 써 보낸 연하장 일부 내용, 특이하다며 연말이면 내
연하장 기다린다는 지인들, 나의 사진이 좋아 유리 밑에 넣어 계속
보고 있다는 친구들도.

메시지콩 새싹에 새겨진 'I LOVE YOU'를 보고(인산)

세상에 첫선 보인 메시지콩 잎새에
I LOVE YOU라 새겨져 눈길을 잡는다.

듣기 좋고
듣고 싶어 하는 I LOVE YOU

모두가 익숙하게
모두가 편하게
모두가 쉽게 쉽게 I LOVE YOU

I LOVE YOU
라고 하는 일상화된 모습 상상하여 본다
서로 배려하고 존경하는 삶으로…
살맛나는 세상으로… I LOVE YOU!

주말의 계양천(桂陽川)에서 / 인 산

* 봄은 이미 계양천에 안겨
  물소리 흙냄새에 발길 멈춘다.
  이름 모를 야생초 머리 내밀고
  홀로 핀 야생화 나를 반긴다.
  긴긴 겨울여행 멀어져 가고
  봄마중 나온 백로와 함께 즐긴다.

* 시간의 흐름은 멈추지 않고
  봄에서 여름으로 여름에서 가을로
  천변의 바람은 시원함을 안겨주고
  이름 모를 야생열매 영글어 간다.

  짝 잃은 백로 그대로이고
  가로지른 디딤돌에 발길 멈춘다.

  이런 저런 생각에
  시간도 바람도 야생화도 디딤돌도
  나의 품으로 들어와 있다.

* 깊은 가을
  계양천에도 을씬함이 몰려오고 있다.
  수량(水量) 줄은 계양천도 바닥을 드러내고

여름 내내 모여든 쓰레기로 몸살 앓는다.
함께 하던 백로도 보이지 않고
이름 모를 철새, 참새들만 날아든다.
백당화도 코스모스도 먼먼 봄으로 여행 가나보지.

* 가을인가 했더니 겨울이 되어 있다.
  벌거벗은 나뭇가지 온통 겨울로 물들어
  인적 뜸한 계양천에 외로움이 젖어든다.
  그냥 기다려 볼까
  봄을, 여름을, 가을을 ─

부 록

귀한 분들 발췌록

〈무순, 존칭 생략〉

존경하는 귀한님(2018인) 전前에 !

먼저 죄송하고 결례 하였음을 사죄드립니다.

귀한님들께 사전 알리고 양해 받았어야 함에도 저의 능력 부족으로 염치불구하고 편집하였습니다.

이에 부족함을 깨닫고 두 손 모아 비오니 용서하여 주시고 양해하여 주시길 바랍니다.

귀한님들의 글, 어록, 강연, 토크는 세대를 초월하여 소통할 수 있는 좋은 이미지 모음으로, 현재를 돌아보고 미래로 향할 수 있는 내용이라고 확신하여 이에 알려드립니다.

그러나 라디오 들으며, TV 시청하며 기록한 글은 귀한님들의 의도와 다르게 표현된 내용도 많으리라 생각되어 마음 깊게 양해 바랍니다.

COLLECTOR 나는 건축공학을 전공하고 해당 분야에서 35년여 종사하고 보니 남은 게 허무함, 스트레스, 힘듦뿐이었습니다.

사회단체 활동하며 기대엔 못 미쳤으나 오늘에 이르러 고맙고 여생을 조그만 노력으로 조그만 느낌이라도 후대에 남기고 싶고, 반성하는 자세로 살고자 귀한 분들의 글, 어록, 강연, 토크 모음집을 내 보이니 채찍질하여 주시고 성원하여 주시면 감사하겠습니다.

일명 독수리 타법으로 정리하고 모르면 묻고 하여 4년 반여 동안 2300여 쪽에 2018인의 글이 모아졌을 때 나의길 찾은 듯했습니다.
그래서 나 혼자 간직하기보다는 세상에 선보이고픈 생각에 주위 권유로 용기를 내서 편집에 들어갔습니다.

저는 부족함으로 살아온 삶이라 다시 한 번 귀한님(2018인)께서 큰마음으로 이해하시고 양해하시어 접어주시기 바라오며 모든 귀한님들의 건승과 행운을 기원 드립니다.
감사합니다.

2018 년 4 월
COLLECTOR : Pyeong Chang, Park
〈朴柄昶 拜上〉

〈경영 어록〉

이병철 · 정주영 · 이건희 · 황금찬 · 박정용 · 나경렬 · 김석원 · 이준희 · 김병두 ·
이인호 · 김방의 · 벤자민 프랭클린 · 엄길청 · 박규재 · 피게티 · 유일한 · 힐튼 ·
진 프린스 · 김태영 · 서진영 · 남성우 · 코 비 · 이용태 · 변창립 · 최창환 · 성 문 ·
조시영 · 아니미오 · A. 멜레 · 김원길 · 김성근 · 어윤배 · 류동길 · 잭 월치 · 조우현 ·
지용희 · 고시천 · 차동세 · 이재길 · 유기정 · 김경호 · 서상록 · 유장희 · 이길영 ·
이한구 · 김주현 · 정해주 · 장범식 · 곽수일 · 김일섭 · 남대우 · 박창규 · 최효진 ·
박상규 · 박창희 · 김상경 · 이상호 · 한영환 · 이윤호 · 서봉철 · 박윤재 · 사공일 ·
박명선 · 고영재 · 윤현덕 · 박종삼 · 이부영 · 김정태 · 배종렬 · 송희연 · 최동규 ·
김은상 · 정홍렬 · 강영훈 · 한경석 · 홍성원 · 윤석철 · 홍문화 · 황철주 · 신광식 ·
정동일 · 손경락 · 모스켄더 · 마르케스 · 찰리 김 · 김순권 · 서경배 · 김문성 · 우경선 ·
채희문 · 제정임 · 박재완 · 진 념 · 이정우 · 이용만 · 문국현 · 피터 드러커 ·
워렌 버핏

〈교수, 정치인〉

김정렬 · 조창연 · 신봉승 · 윤평웅 · 최창렬 · 김태희 · 이진곤 · 이준한 · 홍준표 ·
이명수 · 송 자 · 박찬식 · 손풍삼 · 이영작 · 성낙인 · 진중권 · 손호철 · 강지은 ·
신 률 · 최장집 · 조 국 · 김호기 · 한화갑 · 조상식 · 카네기 · 이상돈 · 우원식 ·
금태섭 · 표창원 · 복거일 · 인재근 · 조희연 · 류근일 · 이민규 · 니이체 · S. 잡스 ·
송호근 · 이진석 · 정근식 · 양무진 · 손석희 · 최재천 · 조 정 · 이만섭 · 이명수 ·
안철수 · 김두관 · 김부겸 · 이광재 · 홍창의 · 정세균 · 강용석 · 김 진 · 장성민 ·
손학규 · 이재오 · 문창극 · 한완상 · 이상백 · 이종찬 · 이회창 · 권성철 · 김무성 ·
김태호 · 김영우 · 김상민 · 유승민 · 정운찬 · 정대철 · 김 황 · 윤여준 · 전재희 ·
김종필 · 문희상 · 강기정 · 노영민 · 이종찬 · 신계륜 · 김효석 · 설 훈 · 박용진 ·
한정애 · 김영환 · 박주선 · 박찬종 · 이낙연 · 안규백 · 김한길 · 김진표 · 김문수 ·
남경필 · 정몽준 · 정두언 · 박원순 · 이철승 · 이인재 · 박희태 · 이철용 · 이노근 ·
남재희 · 강창희 · 서청원 · 이주영 · 문재인 · 이병완 · 이철희 · 이만섭 · 김형오 ·
김상현 · 이정희 · 차성수 · 금태섭 · 권은희 · 이상민 · 전병헌 · 박지원 · 김종인 ·
신기남 · 인요한 · 주대환 · 박상병 · 박영선 · 메르켈 · 하종강 · 박철웅 · E. 리스 ·
최경환 · 노무현 · 비스마르크 · 페스트라이시 · 신창민 · 전현준 · 이봉수 · 김종래 ·

김민아 · 티 카시 · 김재동 · 김형숙 · 원유철 · 추미애 · 조동원 · 이완구 · 김기춘 ·
이완영 · 김덕룡 · 이준석 · 신영복 · 조응천 · 이기택 · 전원택 · 윤후덕 · 고승덕 ·
반기문 · 정의화 · 홍영식 · 스테판엘스 · 레이건 · 김동철 · 나 향 · 문창극 · 현오석 ·
윤진숙 · 송영길 · 김영희 · 위 컴 드 골 · 민병욱 · 정진석 · 페리클레스 · 이재명 ·
전여옥 · 트럼프(미)대 · 이상준 · 최낙정 · 이진동 · 정호성 · 정병국 · 장재원 ·
윤소하 · 도종환 · 손혜원 · 김경진 · 하태경 · 안민석 · 김성태 · 심상정 · 안재원 ·
키케로 · 헤시오도스 · 유시민 · 박관용 · 김형규 · 덴마크/재무장관

〈그 날, 천상의 COLLECTION 외〉

영친왕 · 이 준 · 산 송 · 홍종우 · 김옥균 · 이기훈 · 안중근 · 세종 · 황 희 · 광해군 ·
문 종 · 공민왕 · 허 균 · 성 종 · 연산군 · 인조 · 정조 · 대원군 · 소현세자 · 경종 ·
우성룡 · 한명희 · 안창호 · 루터 킹 · 간디 · 윤봉길 · 김마리아 · 서해성 · 김홍도 ·
채명신 · 김충립 · 정약용 · 박지원 · 이원복 · 정도전 · 신규식 · 김시습 · 김정희 ·
송시열 · 이 황 · 이지함 · 장영실 · 문 종 · 단 종 · 경혜공주 · 이 익 · 덕혜옹주 ·
이은숙 · 설민석 · 선조 · 이회영 6형제(이건영 · 이석영 · 이철영 · 이시영 · 이호영) ·
신사임당 · 이원수 · 율곡 이이 · 광개토왕 · 김부식 · 서 희 · 소손령 · 강감찬 ·
김은부 · 하공진 · 김 숨 · 이사벨라 · 해린 스님 · 이자경 · 이 석 · 배중손 ·
박창렬 · 유성엽 · 신 돈 · 심용환 · 김수로 · 서경석 · 최여진 · 이현우 · 윤두서 ·
이현이 · 공형진 · 성덕대왕 · 방은진 · 김응수 · 전태제 · 유시민 외 · 이민우 ·
김민서 · 이 정 · 문정왕후 · 서경덕 · 이정진

〈낭만논객〉 토크 : 김동길 교수 MC : 김동건 아나, 가수 : 조영남

프린치스코 · 링 컨 · 네이든 · 칸 트 · 케네디 · 루터 · 소크라테스 · M. 샌들 ·
달라이라마 · 간 디 · T. 풀러 · 베이컨 · 박종호 · 장준하 · 정경화 · 차동엽 · 박태환 ·
롱펠로 · 피천득 · 김태길 · 나운규 · T. 칼라일 · 슈바이처 · 이광요 · 이장희 ·
빌게이츠 · 알프레드 · 윤선도 · 톨스토이 · 맥아더 · 힐러리 · 처칠 · 토마스모아 ·
유일한 · 유은수 · 장자 · 키에로키켈 · 세네카 · 와일드 · 에드워드리스 · 강기정 ·
맥아더 · 에즈워드히스 · 윤봉길 · 김도언 · 오스카 와일드 · 마크로스코 · 금보라 ·
경주 최부자 · 아인슈타인 · S. S 렌더 · 루터킹 · 이상재 · p&G 에콜라 · 이에스더 ·
키츠 · 죤 밀턴 · 생떽쥐베리 · 주자 · 더글라스 · 리차드 와이드먼 · 최무선 · 메르디 ·

정범진 · 대처수상 · 제인에어 · 마 원 · 윤복희 · 장기려 · 워즈워드 · 이상화 ·
T. 무어 · 서수남 · 손철 · 오기택

〈명 언(국내)〉

윤봉길 · DJ · 양승남 · 인순이 · 전희식 · 이지함 · 유창수 · 김준형 · 차동엽 ·
함세웅 · 김정희 · 성우스님 · 박연 · 황윤 · 김홍국 · 정호승 · 유오성 · 김상민 ·
공자 · 김형경 · 양희은 · 장미란 · 장준하 · 유동근 · 홍준표 · 김성근 · 이만섭 ·
김종대 · 김희수 · 노경조 · 김상국 · 고성국 · 인명진 · 홍창진 · 황수관 · 박병술 ·
안중근 · 임창환 · 김동길 · 김동건 · 윤기 · 신사임당 · 송해원 · 김은영 · 박목월 ·
이해인 · 전영애 · 정대구 · 이설아 · 심영섭 · 김동운 · 최영미 · 김용현 · 김준호 ·
서상목 · 김진태 · 소천 · 이희옥 · 김수미 · 김구 · 유관순 · 손민 · 처칠 · 이순신 ·
안창호 · 하상옥 · 손석희 · 김필례 · 이애란 · 강진6세 어린이(송해) · 송성선 ·
조덕배 · 서진영 · 이외수 · 박노해 · 정민 · 456브로거 · 박희군 · 최원정 · 맹자 ·
유승민 · 김용훈 · 박현화

〈문 학〉

윤동주 · 전윤호 · 이석우 · 김기명 · 이희선 · 하상옥 · 윤석이 · 모윤숙 · 박노해 ·
남정혜 · 정종명 · 진성태 · 이문열 · 권혁웅 · 김형중 · 조길현 · 김진명 · 이철환 ·
용해언 · 임의진 · 이외수 · 공지영 · 이창재 · 이창기 · 백 석 · 박병술 · 조정래 ·
김초혜 · 박철희 · 이오순 · 이해미 · 도종환 · 장석주 · 고두현 · 정호승 · 황순원 ·
김철규 · 양광모 · 장석남 · 이영훈 · 슈발리에 · 천상병 · 오 은 · 김치수 · 김양규 ·
박범신 · 이종천 · 김주영 · 조명인 · 지현경 · 박완서 · 박경리 · 최인호 · 김홍신 ·
소재원 · 박상률 · 한향순 · 장 문 · 장호성 · 윤석중 · 이정식 · 신경희 · 최해순 ·
김 훈 · 주은재 · 김다윗 · 송기원 · 김영란 · 김재순 · 레지나 브렛 · 김기태 ·
루이스케럴 · 정연준 · 김남주 · 김 현 · 박해현 · 강처중 · 정병욱 · 김수경 · 홍준경 ·
황진이 · 정현종 · 송희갑 · 임윤식 · 문효치 · 김인호 · 정군수 · 이원규 · 김중식 ·
루 미 · 허페즈 · 이태백 · 두 보 · 한 강 · 스미스 · 최승자 · 심혜리 · 유점례 ·
설수현 · 이근배 · 밥 딜런 · 손아람 · 노경실 · 이중현 · 소 강 · 임솔아 · 윤후명 ·
시바타 도요 · 백승찬 · 알렉시예비치 · 홍쌍리 · 마광수 · 황석영 · 한송이 · 한수산 ·
김성암 · 봉태규 · 강영덕 · 가즈오 이사구로 · 김민채

〈방송, 연예〉

백남준 · 노무현 · 하재근 · 신기남 · 윤재균 · 진모영 · 이경규 · 법 류 · 이윤석 ·
윤형빈 · 김병만 · 노정렬 · 해민턴 · 최형만 · 최병서 · 김학래 · 송 해 · 구봉서 ·
이상벽 · 김국진 · 김형곤 · 김혜자 · 김수미 · 윤정세 · 하희라 · 최불암 · 강부자 ·
김자옥 · 김영임 · 이상해 · 션& 정혜영 · 윤문식 · 장사익 · 차인표 · 신애라 ·
윤여정 · 최민수 · 황 윤 · 임동창 · 조동창 · 이문세 · 박성진 · 최백호 · 김장훈 ·
이장희 · 싸 이 · 윤형주 · 금잔디 · 나훈아 · 인순이 · 이선희 · 윤원희 · 신승훈 ·
제임스 윌스 외 · 윤종신 · 이은미 · 하춘화 · 황정민 · 고아라 · 정우성 · 이용관 ·
오정철 · 김홍신 · 황석영 · 정재승 · 김용옥 · 시진핑 · 모택동 · 강택민 · 보시라이 ·
시종신 · 장학량 · 오달수 · 정지용 · 율 곡 · 김인호 · 베르나르 베르베르 ·
레지스게젤바시 · 조진웅 · 맷데이먼 · 공 유 · 연상호 · 이순재 · 김진수 · 조 박 ·
조용헌 · 엄홍길 · 김문정 · 윤석화 · 전원택 · 유시민 · 손석희 · 유민영 · 조한규 ·
이수정 · 신동욱 · 김세미 · 조승연 · 김복준 · 장현성 · 진중권 · 박준영 · 김성곤 ·
장도연 · 김지운 · 박철현 · 김종민 · 솔비(권지안) · 송소희 · 산다라 박 · 서장훈 ·
민경선 · 홍석천 · 럭키(인도출신) · 오찬호 · 김영철 · NS 윤지 · 손병호 · 양세형 ·
채사장(채성호) · 육중환 · 용재 오닐 · 허지웅 · 데니스 홍 · 박진주 · 김형철 ·
김제동 · 이상벽 · 송강호 · 전상진 · 이나가키 에미코 · 김상기 · 김종원 · 이정훈 ·
전병수 · 87/ 김지영 · 86/ 김지영 · 88/ 김지영 · 85/ 김지영 · 김수영 · 장동선 ·
유사랑

〈불 교〉

법정 · 법홍 · 덕조 · 성철 · 불필 · 원탁 · 김여택 · 법륜 · 혜민 · 정목 · 이기동 ·
송담 · 지광 · 법상 · 보현 · 권진원 · 묘정 · 하유 · 원효대사 · 일연 · 원영 · 초연 ·
혜암 · 월호 · 명진 · 원철 · 혜거 · 혜문 · 정련 · 진호 · 총무원장 · 카렌 암스트롱 ·
서영원 · 장은수 · 정림 · 틱낫한 · 달라이 라마 · 청전 · 빅터챈 · 김희연 · 김호석 ·
수불 · 김홍희 · 김영환 · 효당 · 원각 · 무어 · 성파 · 연덕 · 용타 · 정법안 · 안호기 ·
종림 · 성웅 · 지하 · 혜지 · 도법 · 마가 · 등명 · 원순 · 진화 · 원인 · 김주대 ·
원빈 · 광우 · 덕일 · 지광 · 환산 · 정율 · 지운

〈법조인〉

한승헌 · 천정호 · 강일원 · 김병노 · 김용준 · 목용준 · 강민구 · 손빈희 · 김선수 · 김동진 · 채동욱 · 윤석열 · 김윤상 · 김영란 · 김재광 · 전원책 · 클라크 · 서정화 · 이환우 · 이정미 · 강지원

〈스포츠, 여행〉

김양중 · 김웅룡 · 김인식 · 이장석 · 김경문 · 이만수 · 염경엽 · 이광옥 · 조범현 · 이광길 · 박동희 · 민훈기 · 강주리 · 매팅리 · 하 비 · 이종범 · 박찬호 · 양준혁 · 마해영 · 배영수 · 선동렬 · 이병규 · 게티스 · 송지만 · 오승환 · 이대호 · 박병호 · 이승엽 · 안태영 · 서건창 · 홍명보 · 조성환 · 박철순 · 차명석 · 히딩크 · 최동호 · 이문재 · 이창근 · 허정무 · 최용수 · 이동국 · 최강희 · 최순호 · 이영표 · 박지성 · 김남일 · 기성룡 · 슈틸리케 · 인요한 · 김승규 · 손흥민 · 김연아 · 이옥경 · 심석희 · 현정화 · 최분희 · 공원국 · 오소희 · 탁재형 · 신경준 · 김남희 · 김홍빈 · 엄홍길 · 최정원 · 이성재 · 최운경 · 김무성 · 김승영 · 조오련 · 배영호 · 배영민 · 추신수 · 브르통 · 최희섭 · 서재웅 · 윤선도 · 윤미인 · 김지하 · 초이선사 · 서산대사 · 법인스님 · 박노해 · 알 리 · 임성택 · 정인수 · 조중길 · 김현수 · 이희솔 · 손영희 · 장미란 · 윤진희 · 남유선 · 박상영 · 박태환 · 진종오 · 안병훈 · 정영식 · 김원진 · 기보배 · 장혜진 · 손연재 · 구본찬 · 박상훈 · 유승민 · 김소희 · 이대훈 · 박인비 · 송 해 · 홍수환 · 최원준 · 정찬성 · 김재진 · 허영호 · 도용복

〈심리, 명상〉

오은영 · 차동엽 · 곽금주 · 정용화 · 정관용 · 강신주 · 윤태현 · 타라브랙 · 지눌 · 김창옥 · 최진석 · 최성애 · 정혜선 · 권혜경 · 이명찬 · 소천 · 이영임 · 다르마 · 마크트웨인 · 황수관 · 변경삼 · 박광태 · 장기려 · 오동춘 · 정연복 · 에드가게스트 · 윤대현 · 김용옥 · 김형석 · 빅 존슨 · 시모주 아키코 · 김지윤 · 정재환 · 김환태 · 박희준 · 바이런 외 · 주민관 · 김광식 · 박지민 · 이상헌 · 조성엽 · 박치근 · 박은하 · 이해인 · 용해원 · 이경규 · 조미하 · 황수경 · 임계환 · 홍순철 · 강소연 · 혜민 스님 · 허태균 · 김병학 · 김병수 · 이시형 · 김양수 · 심미숙 · 이인천(제공) · 김수철 · 정목 스님 · 양석옥(제공) · 루이스 · 데이비드 그리피스

〈예술을 만나다(음악, 미술, 건축, 사진 외)〉

정복수 · 김복수 · 한문경 · 김인옥 · 김강용 · 성시현 · 김기택 · 구자현 · 박지혜 ·
김양수 · 김대희 · 쓰촨성 · 소동파 · 이태백 · 두보 · 김중현 · 박창수 · 송승환 ·
신영옥 · 이중섭 · 박경빈 · 황순원 · 박상현 · 이재상 · 김억배재철 · 조정현 ·
김예나 · 안윤모 · 박규희 · 서동윤 · 조영락 · 김한사 · 유진규 · 박명성 · 송광창 ·
신미식 · 조기주 · 유태평양 · 김천기 · 남현주 · 김사라 · 김주현 · 정신혜 · 이이남 ·
양상훈 · 신지아 · 로기수 · 신상호 · 홍성훈 · 강신영 · 임현정 · 황수로 · 배동환 ·
정상희 · 이경호 · 강영호 · 루이스초이 · 김중훈 · 문지예 · 윤석남 · 민영치 ·
이강소 · 홍혜경 · 지드레곤 · 이수미 · 이상희 · 자비로자니 · 강호 · 조수미 ·
강수진 · 윤탁원 · 박지혜 · 금난새 · 이인화 · 범대순 · 이은아 · 길버트 · 장석원 ·
장한나 · 이은걸 · 곽원주 · 박인배 · 김철군 · 조성진 · 서현 · 문훈 · 오영욱 ·
한필원 · 승효상 · 김수근 · 조수용 · 정기용 · 조성룡 · 오대호 · 안재복 · 하재봉 ·
하영은 · 성낙인 · 이영주 · 박서원 · 김아라 · 강우영 · 장국현 · 안승일 · 안성식 ·
노순택 · 백옥인 · 울산 시각장애인 · 김은기 · 육명심 · 임옥상 · 최현호 · 최북 ·
이소정 · 곽상문 · 최장원 · 박천강 · 권경민 · 김창근 · 김쾌민 · 성민제 · 이순원 ·
김미월 · 정충일 · 김매자 · 남경엽 · 한태상 · 손열음 · 박재동 · 프리카 칼손 ·
다이에나 · 육근병 · 나윤선 · 구본창 · 박진 · 최진이 · 케이윌 · 유상무 · 문현무 ·
송창근 · 장재일 · 양태근 · 박성희 · 박항률 · 김혜숙 · 주기명 · 천경자 · 김중만 ·
정승호 · 윤호진 · 성동훈 · 황주리 · 차기울 · 손숙 · 권오상 · 이병우 · 김미경 ·
김충식 · 홍신자 · 장상철 · 바르너4세 · 박문열 · 박영배 · 손대현 · 김동원 ·
고상지 · 강승애 · 한순서 · 이주희 · 이이언 · 은희경 · 양규순 · 이춘희 · 황종례 ·
김효영 · 최광선 · 이영희 · 김레형 · 김양수 · 김대희 · 김인희 · 이정은 · 박해미 ·
한희원 · 오지호 · 김민 · 임종수 · 김호산 · 장진 · 양현숙 · 김용철 · 윤혜진 ·
김정기 · 김금화 · 김옥현 · 김영재 · 이삼평 · 김용우 · 조공래 · 김완순 · 한대수 ·
임주상 · 류재준 · 박귀섭 · 이서연 · 류승호 · 김경주 · 안성진 · 김창일 · 전인권 ·
김구림 · 홍경택 · 김보미 · 박민섭 · 윤석남 · 정대석 · 배동환 · 주미강 · 김하은 ·
박영숙 · 오치균 · 정영복 · 손남묵 · 조덕현 · 이정재 · 이재효 · 박상우 · 윤석창 ·
김중만 · 한상봉 · 박인현 · 기국서 · 심성락 · 한호 · 김종권 · 김경아 · 정경 ·
유진경 · 유정혜 · 박환 · 홍지민 · 백일섭 · 유현미

〈오늘 만나다 미래를…〉

김정운 · 빌게이츠 · 스티브잡스 · 데니스홍 · 배상민 · 신범 · 손하나 · 박강민 ·
김혜선 · 박종호 · 앤드류서먼 · 토마스프레이 · 김대식 · 배철현 · 고산 · 유주환 ·
황현산 · 김태유 · 김준태 · 홍유석? · 김주빈 · 정유신 · 장진 · 콧크레이 · 정지훈 ·
원한석 · 최재천 · 허태균 · 김난도 · 조광수 · 장수철 · 최종순 · 찰스다윈 · 이동형 ·
염재호 · 정병탁 · 예니 · 리즈 · 요안 · 박은하 · 이홍렬 · 김인춘 · 윤종록 · 이민화 ·
김학준 · 한상기 · 이정동 · 최재봉 · 정재순 · 하우스턴 · 박원주 · 최윤희 · 존리 ·
권영찬 · 박성준

〈인문학(사람과 글월)〉

박제균 · 김형경 · 임성모 · 정용진 · 브라이언드레이서 · 김진욱 · 장경희 ·
이케다 다이스쿠 · 프호드 로펠 · 고은 · 소천 · 산신령(블로거) · 정지환 ·
사무엘존슨 · 구정은 · 박노해 · 리처드 칼슨 · 워렌버핏 · 김득신 · 백운경 · 몽테뉴 ·
세무엘 울만 · 김민서 · DJ · 이시형 · 나경택 · 김상복 · 브로거 · 메슈켈리 ·
최진석 · 이태수 · 박병률 · 셰익스피어 · 정약용 · 김종락 · 김철규 · 송미옥 ·
박승주 · 조길현 · 김태욱 · 전미옥 · 법정 · 찰스 스펄전 · 정희진 · 한만근 ·
송성우 · 박혜란 · 방정환 · 강창래 · 샤론 · 이주희 · 설동훈 · 최민기 · 김태원 ·
스콧 니어링 · 정이숙 · 미즈노 마사유키 · 유발 하라리 · 김병희

〈가톨릭〉

바오로2세 · 프란치스코 · 스카노네 · 사비오 · 문한림 · 한상봉 · 오창익 · 신승환 ·
윤창현 · 이주향 · 김수환 · 염수경 · 정진석 · 유홍식 · 이해인 · 유의배 · 야고보 ·
정용실 · 차동엽 · 김계춘 · 정어 스님 · 이세현 · 루즈벨트 · 마더테레샤 · 김희중 ·
김길자 · 강칼라 · 김하중 · 이인주 · 강우일

〈한국 한국인, SBS TV HIM 외〉

남민우 · 정희선 · 유영찬 · 박진영 · 김청자 · 임권택 · 김기덕 · 이민재 · 윤기 ·
㈎황병기 · 한말숙 · 이에리사 · 김희수 · 유중근 · 김한민 · 김진선 · 노경조 ·
이현세 · 조수철 · 이세기 · 황연대 · 이길여 · 정경화 · 송상현 · 최정화 · 서교일 ·
정진용 · 한미영 · 김동호 · 전성우 · 김석철 · 김성일 · 강일구 · 강석구 · 김평일 ·

김용기 · 김선테 · 헬렌켈러 · 조광래 · 김성환 · 문훈숙 · 정갑영 · 최현미 · 지영석 · 이어령 · 윤태호 · 이수덕 · 이정만 · 최진영 · 신동식 · 김유택 · 김종규 · 성낙인 · 김인권 · 이국종 · 조한혜정 · 조정래 · 윤구병 · 황기철 · 이종찬 · 강신옥 · 장하진 · 윤방부 · 백기완 · 유인태 · 문희상 · 최열 · 김진표 · 윤태희

〈황금 강의〉

박경철 · 박범신 · 노동일 · 조너선하이트 · 임향자 · 이민화 · 김현우 · 포리토웹 · 이시형 · 이어령 · 이스언 · 정대영 · 윤은기 · 이내희 · 김병두 · 전미옥 · 스티브잡스 · 아루터마유미 · 김진미 · 강우현 · 테레샤 · 윌슨 · 네로이하이 · 이병철 · 닉슨 · 서진규 · 구영희 · 장진영 · 김미경 · 김기범 · 유재석 · N.브레챠크 · 손정의 · 빌게이츠 · 염정순 · 윤규현 · 서은국 · WG 드워킨 · 페테비에리 · 요시미다 이시키 · 마이클 포크 · 홍순철 · (고)라병관 · 하태균 · 박광수 · 박상준 · 니체 · 헨리데이비드 · WALDEN · 토니쥬르 · 김래란 · 황용주 · 박이문 · 한강 · 마이크렌달 · 김선욱 · 최재천 · 퀴블러로스와 · 그랙맥커문 · 이케다다이시쿠 · 이수성 · 박홍규 · 마리월리암스 · 스티븐기즈 · 최광현 · 박노자 · 김준만 · 김민환 · 담징스님 · 박용호 · 손한규 · 조시천 · 유시민 · 박종훈 · 최종천 · 심영섭 · 김용옥 · 탁재택 · 김남주 · 한성완 · 이병태 · 정철진 · 가니오드락 · 최윤식 · 전성철 · 전병수 · 오정우 · 최원식(맥켄지) · 이종덕(?) · 박수용 · 미 주립대: 최원식 · 김종오 · 송경모 · P. 드렁크 · 슈탈 · 김남민 · 김주성 · 유호상 · 김형원 · 김진영 · T. 레이 · 백두건 · 김영전 · 김현식

〈CEO 좌우명 및 역대 대통령〉

임상옥 외 · CEO 좌우명 · 이승만 · 윤보선 · 박정희 · 최규하 · 전두환 · 노태우 · 김영삼 · 김대중 · 노무현 · 이명박 · 박근혜 · 최진 · 정주영 · 이병철 · 이순신 · 오바마 · 사마광 · A.G LAFLEY · GENTNER · SCHULTE · T. 모나간 · 슈미트 · 고노스케 · T. 투너 · 토마시 브라드먼 · 럼즈필드 · 이암 · 신세균 · 에머슨 · 윤태영

〈해외 명언〉

처칠 · 톨스토이 · 빈 월 · 칼야스퍼스 · R. 에리올 · 프랑크크 · 링컨 · R. 슬러 · 존슨, 미17 · 헤르만헤세 · 파스칼 · 오스카와일드 · 괴테 · 하차으호이 · 제퍼슨 ·

오드리헵번 · 에디켄티 · 맥사인누널 · 에디슨 · 피카소 · 키에르케골 · 만델라 ·
키케로 · 쇼펜하우어 · 생트뵈브 · 헬렌 켈러 · 아인슈타인 · 록펠러 · 간디 ·
소구마에이지 · 시진핑 · 스탕달 · 카네기 · 스티브 잡스 · J 페트릭 · 임어당 ·
필립체스타 · 릴케 · 공자 · 안드렌그린 · 앙드레 지드 · 하이네 · 웰 콕스 · 귀곡자 ·
W. 프라이 · 제임스 · 몽테뉴 · 호라티우스 · 멜빈 · 나폴레옹 · 죠지산타야니 ·
롱펠로 · 라파엘 · 브람스 · 그레이버 · 윌리암워드 · 만델라 · 셰익스피어 · 채근담 ·
소크라테스 · 저커버그 · 워렌버핏 · 리카싱 · 아인슈타인 · 버니센더 · 수지 여사 ·
푸틴 · 죠지 맥도날드 · 징기스칸 · 생텍쥐페리 · 토마스캠피스 · T.무어 · 이참(독) ·
모건 · 벤자민 프랭크린 · 플루타르크 · 조지허버트 · R에머슨 · 페스트라이쉬(이만열) ·
에드몬드 힐러리 · 맥스웰 · 클린턴 · 오바마 · 트럼프(부인) · 존외너 메이커 ·
알빈 한손(호주) · 바다니시바(인) · 에미코(일) · 노먼 빈센트빌 · 위징 · 스케일 ·
로뎅 · 마린행어

〈KBS 강연 백도 씨〉

김용택 · 신계륜 · 서주향 · 오용석 · 제주해녀 · 박애리 · 김의일 · 정명옥 · 백종선 ·
최선자 · 김기선 · 조군운 · 송혜정 · 안미정 · 박근철 · 시각장애인 · 김웅용 ·
최규일 · 이승표 · 전영근 · 김재만 · 황병만 · 황규철 · 신상옥 · 에이미얼린스 ·
송언주 · 전자기술자 · 이지영 · 하태구 · 최윤호 · 고도원 : 강진석 · 정서호 ·
최준석 · 최정봉 · 홍순재 · 하춘화 · 김희선 · 김태원 · 가애란 · 임은탁 · 정동극 ·
김보라 · 탁현진 · 전상진 · 김민영 · 송종빈 · 송기환 · 이경수 · 차재원 · 송영신 ·
주재준 · 김태현 · 김덕수 · 김재식 · 호응 · 문광기 · 맹주공 · 서경덕 · 조정래(영화) ·
최현석 · 황교익 · 박인 · 박현근 · 권지웅 · 한귀은 · 어느 비행기기장 · 스티븐호킹 ·
최 혜 · 장재영 · 김선건 · 이소영 · 박종진 · 오세영 · 박 진 · 최진이 · 문현우 ·
박상기 · 주덕형 · 소공민 · 백진성 · 박용오 · 고광애 · 이영석 · 송유근 · 김수남 ·
김은해 · 황연호 · 남현준 · 하지현 · 김연주 · 백다은 · 켄트 김 · 이한주 · 허형석 ·
김주윤 · 주영섭 · 송길영 · 박철상 · 서광석 · 전원근 · 박혜란 · 윤혜령 · 서은숙 ·
김형석 · 도영선 · 김화수 · 홍예지 · 김승환 · 민병학 · 김순임 · 최재원 · 김미자 ·
이금자 · 이성천 · 김형철 · 임순철 · 박병용 · 허현아 · 김웅수 · 김민주 · 김수영 ·
이은숙 · 권영애 · 황교진 · 심보준 · 신상채 · 이슬기 · 곽택환 · 임재영 · 권호진 ·
강영애 · 황영택 · 윤승철 · 유다빈 · 연제경 · 송재필 · 원경스님 · 이혜민 · 정형우 ·

오홍석 · 조오연 · 박상영 · 박주선 · 최영민 · 조경곤 · 박영학 · 이종암 · 김형준 ·
이순옥 · 전제덕 · 조용필 · 혼지완/베트남 · 전병건 · 김종석 · 유재준 · 이수련 ·
정원복 · 윤현주 · 강연 100도씨 외 이상용

〈OH MY GOD〉

인명진 · 홍창진 · 법 현 · 고성국 · 김소정 · 월 호 · 일 진 · 안지성 · 이현숙 ·
서산대사 · 성정모 · 김정하 · 김삼환 · 한상렬 · 김기석 · 정진석 · 법 전 · 진 재 ·
지 관 · 혜 초 · 김지철 · 도 용 · 중업(대만) · 샤오쫑하이 · 성진 · 묘장 스님 ·
권오상 · 배현승 · 진 명 · 법타 스님 · 세네카 · 김정록 · 김동철 · 안혜권 · 김근수

〈ME & ETC(세월호 관련 詩 외)〉

오미연 · 박경은 · 함민복 · 김명자 · 인요한 · 채성호 · 김장훈 · 이해인 · 문정희 ·
인 산 · 박현선 · 김익한 · 김민아 · 조재구 · 정범구 모 · 이규창 · 백기인 · 장희정 ·
천정배 · 임의진 · W. 볼튼 · 조길현 · 셀리나 · 천년길벗 · 석관정 · 용해원 ·
장 파울 · 정연후 · 유 영 · 조정래 · 김탁환 · 김연경 · 추사 김정희 · 손재형 ·
후지쓰카 · 이인두(제공) · 하이니 · 파레토 · 김영환 · 원석현 · 변상태 · 정태춘 ·
헤노웨스 · 권산외 · 김광석 · 김창기 · 강신주 · 정 진 · 강남순 · 아렌트 ·
사카토 켄지 · 혜민 스님 · 김관홍 · 김 훈 · 정호승 · 박현화 · 김제동 · 이은미 ·
김정환 · 이명희 · 전외숙 · 이명수 · 정혜신 · 명 진 · 송경동
GT : 2018인

〈기록의 날〉

1. 2013년 5월 : 글, 어록, 강연, 토크 기록 시작
2. 2015년 8월 15일 : 모음쪽수 1000쪽, 어록인물 1331명
3. 2015년 11월 21일 : 모음쪽수 1200쪽, 어록인물 1500명
4. 2016년 4월 22일 : 모음쪽수 1500쪽, 어록인물 1700명
5. 2016년 10월 27일 : 모음쪽수 1788쪽, 어록인물 1900명
6. 2017년 11월 1일 : 모음쪽수 2345쪽, 어록인물 2018명

※ 2017년 11월 1일 평창 동계올림픽 100일 앞두고 마감.

세대공감 희망시리즈 ❶

2018시
글 어록 강연토크集

초판인쇄 · 2018년 4월 11일
초판발행 · 2018년 4월 19일

모은이 | 朴柄昶
펴낸이 | 서영애
펴낸곳 | 대양미디어

출판등록 2004년 11월 제 2-4058호
04559 서울시 중구 퇴계로45길 22-6(일호빌딩) 602호
전화 | (02)2276-0078
팩스 | (02)2267-7888

ISBN 979-11-6072-024-2 04800
        979-11-6072-023-5(세트)

값 12,000원

＊지은이와 협의에 의해 인지는 생략합니다.
＊잘못된 책은 교환해 드립니다.

이 도서의 국립중앙도서관 출판예정도서목록(CIP)은 서지정보유통지원시스템 홈페이지
(http://seoji.nl.go.kr)와 국가자료공동목록시스템(http://www.nl.go.kr/kolisnet)에서
이용하실 수 있습니다.(CIP제어번호 : CIP2018011234)